끼니들

들시리즈 ─ 06

끼니들

좋은 날엔 좋아서,

외로운 날엔 외로워서 먹던 밥

김수경

지음

꿈꾸는인생

끼니의 장면들

머위 쌈을 먹으려면 우선 머위 잎을 따야 한다. 저녁을 짓기 전에 마치 장을 보러 가는 것처럼 엄마와 바구니를 하나씩 들고 뒤꼍에 나갔다. 어릴 적 살던 집의 뒤꼍에는 귀여운 텃밭이 있었다. 그 텃밭을 돌며 무성히 잎을 올리는 여린 상추를 솎고 대롱대롱 매달린 풋고추를 따고 후박나무 아래 그늘에서 자란 머위도 먹을 만큼 뜯었다. 좋은 땅에서 깨끗한 물을 실컷 마시고 자란 머위는 이웃집 토

토로처럼 우산으로 쓸 수 있을 만큼 컸다. 커다란 잎은 질겨 맛이 덜하지만 엄마는 내가 가지고 놀도록 한 가지 꺾어 주시기도 했다. 뒤꼍 장보기를 끝내고 바구니 가득 담아 온 푸성귀를 차가운 물에 씻고 다듬어 저녁을 지었다.

뜸을 들일 때 뜨거운 밥 위에 머위 잎을 몇 장 펴 올리면 그 김만으로 보드랍게 익는다. 여기에 짜고 골콤한 집된장을 조금 얹어 밥을 싸 먹는다. 머위 쌈을 입에 넣으면 "으, 써!" 하는 소리가 절로 나왔다. 그러면 엄마는 "쓰지!" 하며 마주 웃었다. 그 쌉싸름한 머위 맛이 좋아 자꾸만 입에 넣었다.

살며 지나쳐 온 '끼니'에 얽힌 이야기를 적었다. 맛과 향으로, 질감과 온도로, 또 어느 계절의 기억으로 남아 있는 끼니의 장면들이다. 내 키와 생각을 자라게 한 양식의 이야기이자 끼니를 함께 나눈 좋거나 싫은 사람들에 대한 기억이며, 가장 즐거운 어느 식탁의 저장 혹은 서럽고 아팠던 마음에 대한 푸념이기도 하다.

| 목차 |

· 단행본은 『 』, 드라마 및 영화, 만화, 곡명은 〈 〉로 표시했다.
· 외래어 표기는 국립국어원 외래어표기법에 따랐으며 입말이 더 많이 쓰이는
  경우는 예외로 두었다.

살며 지나쳐 온 무수한 끼니들은

각기 다른 맛과 향, 질감과 온도로

내 안에 남아 있다.

생각해 보니

힘든 순간이 찾아올 때마다

나를 지탱시켜 준 것은

바로 그 끼니들이었다.

밥 을

짓 는 다

언제 처음 밥을 지어 보았는지 떠올려 보면 초등학교 1학년 때쯤이 아니었을까 싶다. 정확하게 말하자면 엄마가 쌀을 잘 씻어 물을 알맞게 넣고 뚜껑까지 꼭 잠가 가스레인지에 올려놓은 압력솥에 불을 켜는 것을 처음 해 본 날이었다. '시계가 여섯 시가 되면 가스 불을 켠다, 그리고 기차 소리가 나기를 기다렸다가 중불로 줄이고, 맛있는 밥 냄새가 나기 시작하면 불을 끈다'까지가 내가 맡은 일이었다. 아이에게 너무 어려운 일을 맡겼나 싶지만 그 시절의 엄마는 대식구 살림을 돌보느라 그야말로 몸이 열 개여도 부족해서 고양이 손이라도 빌려야 했다. 그 고양이 손이 바로 나였다. 이 솥에는 열 명 식구의 저녁밥이 들어 있었기에 말 그대로 중차대한 임무가 아닐 수 없었다.

　이런 얘기를 하면 아무도 믿지 않겠지만 엄마가 잠깐 자리를 비운 20분 남짓한 사이 압력솥과 내가 남아 있는 주방은 잠깐 무중력 상태가 되었다. 눈을 떼지 않고 시계를 노려보아도 어쩐 일인지 시곗바늘은 앞으로 갈 줄을 몰랐다. 이상하다고 생각하는 순간, 갑자기 모든 게 다 이상해졌다. 솥이 끓는 데 시간이 이렇게 오래 걸리던가. 기차 소리가 이렇게 크던가. 원래 저렇게 추에서 밥물이 흘러나오던가. 작은 바람에도 파랑 빨강으로 흔들리는 가스레인지의 불꽃도 그날은 이상했다. 이상함 속에 부유하지 않기 위해 나는 눈과 귀와 코의 감각을 총동원해서 솥 앞에 버티고 섰다. 레버에 손을 올리고 기어이 돌리고 말 정확한 타이밍을 노렸다. '나는 반드시 10인분의 밥이 들어 있는 솥과 함께 안전하게 지구에 착륙할 것이다'라고 다짐했고, 그 첫 착륙은 꽤 괜찮았다.

　맑은 물이 나올 때까지 쌀을 씻고 때때로 잡곡이나 콩

을 불려 넣는다. 손등 위로 물을 맞추어 불의 크기를 세세히 조절하다가 뜸을 들인다. 추를 기울여 남은 수증기를 빼고 식구 수대로 양을 맞춰 공기마다 퍼 담는 일련의 동작까지. 온전히 나 혼자서 밥을 짓게 된 것이 정확히 언제인지는 잘 기억이 나지 않지만, 아무튼 중학생 때부터는 밥을 짓는다는 것이 그리 어렵지 않은 일이 되어 있었다. 중학생이 되던 해, 식구는 열에서 여섯으로 줄었어도 역시 적지 않은 양의 밥을 매일 압력솥에 지어 먹었다. 그즈음 엄마는 일을 다시 시작했고 종종 퇴근이 늦는 날이면 집으로 전화를 걸어 내게 "밥 지어 두거라" 하셨다. 그러면 나는 엄마처럼 주방에 서서 밥을 지었다. 밥 짓는 일 하나를 더는 것만으로도 엄마의 퇴근길이 덜 무거웠으면 좋겠다고 생각했다. 밥을 지으며 철이 들었다.

여러 번 기회가 있을 때마다 편리한 전기밥솥을 권했지만 친정집은 지금껏 압력솥으로 밥을 짓는다. 이유는 간단한데, 압력솥이 아니면 맛이 없기 때문이라고 했다. 지금은 기술이 좋아져서 전기밥솥도 밥맛이 좋다고 해도 영 믿지 않으신다. 그러나 틀림없는 것은 압력솥에서 불을 조절해 가며 지은 밥은 식어도 구수한 냄새 그대로 맛이 좋다는 것이다. 갓 지어 따뜻할 때는 어떤 밥도 다 맛이 좋지만 전기밥솥의 밥은 시간이 지날수록 맛이 뚝뚝 떨어진다는 것을 알아챈 후로는 더 권하지 않는다. 오랜 기간 맛있게 먹어 온 압력솥 밥을 약간의 편리함을 위해 포기하기는 쉽지 않을 것이다.

엄마가 커다란 압력솥을 고수하는 것이 단순하게 밥맛 때문은 아닐지도 모르겠다는 생각이 든 것은 결혼을 하고 내 살림을 갖게 된 이후다. 엄마는 12인분이나 지을 수 있는 큰 압력솥을 내 신혼살림으로 사 주셨다. 이렇게 큰 것이 내게 필요한가 하는 반문은 하지 않았다. 가게 주인이 권한 4인용 솥을 보고는 절로 "에게게"라는 소리가 나왔기 때문이다. 식구 많은 집에서 밥 많이 지으며 살았던 사람에게는 작은 솥은 영 장난감처럼 보였다. 엄마는 그래도 솥은 큰 것이 있어야지 하셨고, 나도 동의하며 고개를 끄덕였다. 겨우 신혼부부의 소꿉놀이 밥을 지을 뿐이었지만 커다란 솥이 끓어 기차 소리를 낼 때마다 나는 묘한 안정감을 느꼈다. 매일 밥을 짓고 때때로 찌고 삶는 요리를 할 때마다 커다란 솥이 있어 든든하게 살았다. 모두를 먹일 단추 수프를 끓이려면 우선 커다란 냄비가 꼭 하나 필요한 것처럼, 집에 무엇이든 지어 먹을 커다란 솥 하나가 있다는 것이 믿을 구석이 되어 주었다. 엄마는 가장 가깝게 느낄 수 있는 사소한 행복을 결혼하는 딸에게 물려주고 싶었던 것 같다. 자신의 경험으로 알고 있는 것, 내 식구 먹일 밥을 짓는다는 행복을 말이다.

둘째를 낳고 손목에 병이 나 아주 잠깐 작은 전기밥솥을 썼던 일을 제외하면 내내 압력솥 밥을 짓다가 최근 몇 년 전부터는 '가마도상'이라고 부르는 도자기솥에 밥을 지어 먹는다. 속뚜껑과 겉뚜껑을 이중으로 닫는 것만 빼면 짓는 방법은 압력솥과 비슷해서 센 불에서 밥물을 끓이고 불을 줄여 달이다가 마지막에 뜸을 들이면 된다. 밥알이 촉촉하게 익어 밥맛이 아주 좋다. 밥 그 자체를 정말 좋아하는 우리 집 아이들은 갓 지은 밥을 보면 찬 없이도 먹는다. 밥을 하나의 요리처럼 생각하고 좋아해서, 정말 아파서 입맛이 없을 때가 아니면 한 공기만 먹는 일은 거의 없다. '밥'을 먹기 위해서 밥을 먹기 때문에 맛있는 찬이 남았어도 밥이 떨어지면 미련 없이 숟가락을 내려놓는다. 때때로 "아니 밥을 이렇게 조금만 짓다니!" 하며 귀엽게 통곡하기도 한다(물론 나는 늘 솥 가득 밥을 짓는다). 밥 좋아하고 잘 먹는 식구들과 살다 보니 한 끼에 지은 것은 그 끼니에 다 비우는데, 그러면 나는 텅 빈 솥을 설거지하며 일종의 희열을 느낀다. 이를테면 내게는 밥 짓기 부심이라는 것이 있는지도 모르겠다. 누군가 단상 위에 올라가 마이크를 붙잡고 "내가 밥 좀 지어 봤다' 하시는 분, 손들어 보세요" 하면 나는 부끄러워하지도 겸손해하지도 않고 손을 번쩍 들 것이다.

일이 바빠 시간에 쫓긴 날이나 마음이 고달픈 날에는 밥을 짓기 전에 잠깐 침대에 누워 고요히 쉰다. 나쁜 마음을 묻힌 채로 식구들 먹일 밥을 짓고 싶지 않아서다. 짧게는 십 분, 길다면 이십 분 정도면 충분하다. 기분이 조금 정돈되면 털고 나와 쌀을 깨끗하게 씻고 늘 하는 것처럼 다시마 작은 두 조각을 올려 밥을 짓는다. 솥이 달그락 소리를 내며 끓기 시작하면 집 안에 달고 따뜻한 밥 냄새가 퍼진다.

뜸이 다 든 솥을 열면 엄마는 밥을 홀홀 휘젓기 전에 그대로 잠깐 서 계셨다. 때때로 주걱으로 십자가를 그리는 것을 보기도 했는데 "엄마 뭐해?" 하고 물으면 "응, 기도하는 거야" 하셨다. 그때는 엄마가 왜 밥 앞에서 기도를 하는지 이해하지 못했지만 지금 내가 밥을 짓는 마음과 같다는 것을 이제는 안다. 밥을 짓는다는 것은 기도와 같

아서 식구를 아끼는 마음을 담아 손을 놀리다 보면, 어느
새 사소하지만 그것만으로 충분한 감사함이 되어 내게
되돌아온다. 마음을 배 불리는 끼니가 되어 준다.

두부와

콩나물

늦은 오후 미리 저녁 지을 준비를 해 두면서 그 누가 콩나
물과 두부를 업신여길 수 있을까 하고 생각한다. 요즘은
잘 못 본 것 같지만, 내가 어릴 적에 보던 드라마에서는
아침에 쓸 콩나물을 전날 밤 미리 다듬는 장면이 단골로
등장했다. 콩나물을 다듬는 일은 공과 시간이 모두 드는
것이라서 바쁜 아침에 하기에는 아무래도 좀 번거롭다.
그래서 언제나 전날 밤에 미리 해 두어야 마음이 편하다.

우리 엄마도 저녁 설거지가 끝나고 나면 쟁반에 콩나물을 받쳐 들고 텔레비전 앞에 앉아서 드라마 속 엄마들과 함께 콩나물을 다듬곤 하셨다.

한 봉지 콩나물의 꼬리를 다듬는 작업은 엄청난 단위 노동이다. 콩나물을 한 번이라도 다듬어 본 사람은 안다. 콩나물 다듬기에는 꼼수라는 것이 없다는 것을. 키가 들쭉날쭉한 아이들을 적당히 골라 쥐고 나면 또각또각 일일이 꼬리를 따 주어야 한다. 그러면서 가끔 깨끗하게 벗지 못한 콩깍지를 골라내고 상한 것도 추린다. 요리에 따라서 대가리까지 따야 하는 경우도 있는데, 그렇게 되면 일이 두 배가 된다. 흔하디흔한 콩나물 반찬 한 접시에 이렇게 손이 많이 가는 줄 모두들 알고 있을까.

두부 부침은 또 어떻고. 두부를 먹기 좋은 크기로 자르고 나면 고운체에 받쳐 키친타월로 물기를 여러 번 눌러 닦아 내는 것부터 해야 한다. 이때 한 번에 꾹 눌러서 될 것이 아니라 여러 번 살살 매만져야 한다. 머금고 있던 물기가 빠지면 더운 기름에 올려놓고 하나하나 정성스럽게 뒤집어 가며 부친다. 여러 종류의 전을 다 부쳐 보아도 가장 기본이면서 어렵다고 느끼는 것이 바로 두부 부침이다. 마음이 무르고 여려 상처를 쉽게 입는 사람에게 '두부'라는 별명을 붙이기도 하는데 그토록 천성이 무른 두부는 조급하고 서툴게 다룰수록 으깨져 다치기 쉽다. 살살살 얼러 가며 다루고 부쳐 내야만 그 모양을 온전히 지킬 수 있다. 그래서 솜씨 있게 부쳐 낸 두부 부침에는 요리한 사람의 내공이 담긴다. 흔하디흔한 두부 부침 한 접시에 재료의 강약을 조절할 수 있는 내공이 들어 있다는 사실을 사람들은 알고 있을까.

저녁 설거지가 끝나고도 엄마는 불을 끄지 않고 주방에 오랜 시간 머물렀다. 콩나물 한 놈 한 놈의 꼬리를 따고, 북어를 패서 가시를 발라 살을 찢고, 머위의 질긴 겉꺼풀을 벗겼다. 깻잎을 한 장 한 장 쌓아 가며 양념을 비비고, 마른 생김에 들기름을 바른 후 맛소금을 한 켜 한 켜 뿌려 석쇠에 한 장씩 구웠다. 새끼손가락만 한 멸치의 대가리를 떼고 옆구리를 꾹 눌러 배를 갈라 못 먹는 속을 발라냈다. 그야말로 일일이 손으로 더듬어 가며 해야만 하는 작은 일들이 모여 소박하고도 그 흔하디흔한 끼니가 차려진 것이다.

영화 〈할아버지와 고양이〉는 세상을 먼저 떠난 할머니가 남긴 요리 수첩을 할아버지가 우연히 발견하게 되면서 시작한다. 오랜 시간 의지하며 살아온 할머니의 부재로 슬픔에 잠긴 할아버지는 자신의 끼니를 챙기는 것조차 아무런 의욕이 없다. 그런데 우연히 발견한 요리 수첩 속 할머니의 음식들을 보자 갑자기 그 음식을 나누어 먹던 다정한 시간을 떠올리게 된다. 그 기억은 식욕을 불러일으켰고 다시 한 번 꼭 먹어 보고 싶다는 생각을 하게 만든다. 그래서 할아버지는 요리 수첩의 음식들을 하나씩 만들어 보기로 마음먹는다. 홀로 남은 할아버지가 걱정된 아들은 할아버지를 자신의 집으로 모셔 가기 위해 집에 들르는데, 할아버지는 할머니의 레시피로 유부초밥을 만들어 아들에게 대접한다. 예전처럼 식탁에 마주 앉은 두 사람이 그 유부초밥을 먹으며 "와 정말 그 맛이네! 예전에도 싱거웠는데 역시 싱겁다" "그렇지만 예전처럼 싱거워서 맛있다" 하며 웃었다. 그 대화를 들으며 나도 그들과 같이 웃었다.

세상에는 혀에서 구르는 듯 맛 좋은 음식들이 정말 많다. 그렇지만 어느 진미를 가져와도 내가 어릴 적부터 먹어 온 집밥이 가지고 있는 힘을 이길 수는 없다. 맛으로 새겨진 기억 그대로가 바로 집밥이라는 장르다. 몸이 많이 고되고 아픈 날, 마음을 심하게 다친 날의 허기를 달랠

수 있는 끼니는 엄마가 일일이 손으로 다듬어 만든 콩나물과 두부 반찬. 그 안에 담긴 다정한 위로를 떠올리는 것이었다.

콩나물을 다듬고 두부를 부치며, 당연한 줄 알고 먹었던 엄마의 음식이 당연한 것이 아니었다는 것을 깨닫는다. 그때마다 나는 늙고 내 아이들은 그때의 나처럼 아무 것도 모르는 채로 자꾸만 자란다. 굳이 말하지 않고 지나는 어떤 마음들은 시간이 많이 지난 후에 이렇게 문득 깨쳐지는 것이겠지.

몇 가지
　　　　　집밥

사전에서 집밥을 찾아보면 '집에서 끼니 때 손수 지어 먹는 밥'이라고 적혀 있다. 그 단어가 품고 있는 다정한 온기를 생각하자면 무척 단순한 정의다. 집밥은 평범해서 가장 특별한 하나의 장르다. 집집마다 즐겨 먹는 찬도 차림도 만드는 방식도 제각각이지만 집밥들은 신기하게도 묘하게 닮은 구석을 가지고 있다. 요리사나 조리장이 아니라 엄마가 내 가족을 먹이려고 손수 짓는 것이기 때문일 것이다.

맛이 강렬하고 또렷한 음식일수록 그것을 생각하면 구미가 당긴다. 이를테면 짜장면 같은 것들은 주기적으로 꼭 한 번씩 구미가 당겨 먹고 싶어진다. 그런데 집밥은 당기는 것이 아니라 그립다고 표현해야 알맞다. 아무리 좋은 식당에서 좋은 것을 먹어도 그것이 여러 끼가 되면 물리고 만다. 타지에 나가게 되거나 음식을 짓는 데 쓸 시간이 없어 오래 배달 음식이나 외식에 의지해도 그렇다. 바깥의 짜고 매운 음식 맛에 지치거나 몸과 마음이 많이 고단하고 불편한 날에는 영락없이 집밥이 먹고 싶어진다.

다 큰 어른도 갑자기 넘어지거나 위험한 것을 피해야 할 때 어린아이처럼 "엄마!" 하고 외치고 만다. 가장 위급한 순간에 오래도록 나를 지켜 준 단 한 사람을 무의식적으로 외치게 되는 것이다. 어쩌면 집밥이 그리워지는 순간도 비슷하지 않을까. 오래도록 나를 먹이고 키워 준 다정한 온기로 나를 지키고 보듬어 주고 싶은 것 같다.

나고 자라고 배우고 사회에서 무언가가 되는 동안 단한 번도 벗어난 적이 없는 집을 결혼을 하고 나서야 떠나게 되었다. 생각해 보면 나는 집밥이 그리울 만큼 집에서 멀어진 일이 없는 사람이었다. 그러니 내 손을 움직여 음식을 만들지 않으면 집에 아무것도 먹을 것이 없는 일도 처음이었다. 이 당연한 것을 결혼을 하고 나서야 깨닫게 되다니. 냄비를 열면 언제나 담겨 있던 따뜻한 된장국 같은 것을 떠올리며 그제야 진짜 집을 떠나왔다는 사실이 실감 나 울고 말았다.

신혼살림을 꾸린 작은 빌라에서 십 분 정도 걸어 나오면 시장에 닿았다. 비슷한 거리에는 대형 마트도 있었지만 나는 이 시장에서 장을 보는 것이 더 좋았다. 시장 바닥에 장사 자리를 잡은 할머니들 틈에서 바구니마다 종류대로 부려 놓은 푸성귀를 구경하는 것을 좋아했다. 이것은 어떻게 먹어요? 하고 물으면 채소 할머니들은 손녀에게 가르쳐 주듯이 어찌어찌해라 얘기하시면서 자꾸만 덤도 얹어 주시곤 했다. 그때는 아는 사람 하나 없는 낯선 곳에 밥 지어 먹는 얘기로 잠깐의 온기를 나눌 수 있는 시장 할머니들이 계신 것이 꽤 큰 의지가 되었다. 울고 말았던 그날, 내가 시장에서 사 온 것은 아욱 다발이었다. 굵은 멸치 우린 물에 된장을 설설설 풀고 그저 깨끗하게 다듬어 먹기 좋게 썬 아욱을 넣어 한소끔 끓이면 그게 전부인 아욱 된장국. 이토록 간단한 음식이지만 엄마의 아욱 된장국 맛을 흉내 내고 싶어 간을 여러 번 보았다. 슴슴한 된장국에 따뜻한 밥을 말아 녹아들 듯 보드랍게 익은 아욱과 함께 훌훌 떠 넘기니 집에 돌아온 것처럼 마음이 편안해졌다.

나의 살림을 꾸려 나간다는 것은 나도 한 가족의 집밥을 책임지는 사람이 되었다는 말이기도 하다. 친정 엄마의 맛을 흉내 내 첫 아욱 된장국을 끓이던 새댁은 이제 15년 차 우리 집 집밥을 책임지는 사람이 되었다. 종종 우리 집 저녁 식탁 사진을 SNS나 블로그에 게시하면 레시피 질문을 정말 많이 받는다. 그럴 때는 특별한 재료나 방법 없이 누구나 다 아는 평범한 이야기를 적어 드리는 것이 조금 쑥스럽기도 하다. 그래도 성실히 답을 하려고 노력하는 것은 내가 시장의 할머니들께 이것은 어떻게 해 먹어요? 하고 물었던 것처럼, 정말로 그 요리법이 궁금해서라기보다는 서로 닮아 있는 일상의 온기를 함께 나누고 싶어서라는 것을 잘 알고 있기 때문이다. 내가 적어 드린 대로 만들었는데 맛이 아주 좋았다고 다시 전해 주시면 참 뿌듯하다. 그런 일이 기쁨이 되어서 책을 쓸 때마다(요리서도 아닌데) 꼭 종이 공간을 조금씩 마련해 우리 집에서 해 먹는 집밥 몇 가지를 적게 되었다. 바지락 술찜과 토마토 절임은 많은 분들이 책에서 보고 좋아해 주시는 대표적인 우리 집 단골 메뉴다.

이 책을 기획하면서 목차에 '몇 가지 집밥'이라고 호기롭게 적어 놓았다. 도대체 무슨 용기였을까. 막상 이 꼭지를 쓸 차례가 되니 무척 후회가 되면서 어떤 것을 적어야 할지 오래 고민했음을 고백한다. 늘 그랬던 것처럼 전문 요리서에는 들어가지 않을 정말 평범한 것들을 옆집 언니나 뒷집 아줌마처럼 나누고 싶어졌다. 남편과 두 아이에게 도움을 요청했다. 좋아하는 우리 집 집밥이나 차림을 꼽아 달라 부탁했는데 겹치는 것이 없이 여러 개가 나온 것이 재미있었다. 그중 한 개씩을 추려 옮긴다.

남편은 질문이 끝나기 무섭게 '오징어 삼겹살볶음'을 꼽았다. 남편이 구 남자친구이던 시절에 내가 가장 처음으로 만들어 준 요리이자 살며 즐거운 일이 있을 때마다 축하하는 식탁에 올리는 단골 요리이기 때문일 것이다. 막상 남편은 "맛있어서"라는 단순한 이유를 댔지만, 이 요리를 생각하면 참 좋았던 그날들의 기분이 지금도 떠오른다.

시장에서 눈이 맑은 오징어를 만났다면 이 볶음 요리는 이미 성공이다. 오징어는 성성할수록 손질이 쉬운데 껍질이 단번에 벗겨지면 요리를 무척 잘하는 사람이 된 것 같아 기쁘다. 오징어는 너무 잘게 썰지 않고 통통하고 큼직한 한입을 만드는 것이 우리 집의 원칙이다. 그래서 다리는 두 개씩 짝을 지어 자른다. 삼겹살은 너무 얇거나 도톰하지 않은 것을 고르고 오징어와 비슷한 크기로 썬다. 오징어와 삼겹살은 고추장, 고춧가루, 간장, 아가베 시럽, 후추, 다진 마늘과 생강즙을 넣어 미리 만들어 둔 양념장에 조물조물 주물러 준다. 양파와 대파는 너무 물러지는 것이 싫어서 볶기 직전에 섞는다.

나는 오래 손을 맞춰 온 주방 살림에 직함이나 별명을 붙여 부른다. 15년째 함께 해 오고 있는 전골냄비는 부장님이시다. 전골의 '전'을 따서 전 부장님이라고 부른다. 크기가 넉넉하고 깊이가 살짝 있어 전골 요리뿐만 아니라 국물이 자작한 볶음에도 잘 어울린다. 오징어 삼겹살 볶음은 오래도록 이 전 부장님에게 맡기고 있는데 도톰한 도자기 재질로 한번 달구면 잘 식지 않아서 상에 올리고도 마지막까지 따뜻하게 먹을 수 있다. 기름을 아주 조금만 두르고 센 불에서 주물러 둔 오징어와 고기를 채소와 함께 달달 볶는다. 내용이 얼추 익으면 작은 불로 내려 자작하게 달이듯이 익힌다. 양념이 칼칼한 음식이기 때문에 꼭 곁들여 먹을 맑은국을 끓이는데 황태 뭇국이 꼭 맞는 짝꿍이다. 우리 집만의 방법이라면 재료를 볶을 때 이 황태 국물을 한 국자씩 끼얹어 준다는 것이다. 조심한다고 해도 단 재료가 들어간 양념은 타기 쉬운데 그럴 때 국물을 조금씩 더해 가며 바닥에 눌어붙은 양념을 살살 긁듯이 볶는다. 이렇게 하면 감칠맛과 깊이감이 더해진다. 오징어 삼겹살볶음에 맑은 황태 뭇국, 여기에 싱싱한 쌈을 더해 식탁을 차리면 한 끼가 아주 풍성해진다.

아이가 백 점 수학 시험지를 받은 날, 남편이 승진을 한 날, 오래 애써 왔던 일이 잘 마무리된 날처럼 사소하게 축하하고 싶은 즐거운 날에는 오징어 삼겹살볶음을 만든다. 커다란 볼 가득 빨강 양념을 주무르고 있으면 남편이 얼른 알아보고는 매번 똑같은 기쁨의 탄성을 지른다. 그게 좋아 즐거운 날마다 또 이 음식을 식탁에 올린다.

큰아이가 꼽은 것은 '잔멸치 덮밥'이다. 우리 집 잔멸치 덮밥의 시작은 일본 영화 〈바닷마을 다이어리〉를 본 이후다. 은빛 잔멸치를 그릇 위에 소복이 올려 밥과 함께 떠

먹는 장면이 무척 인상적이어서 꼭 한번 맛보고 싶다는 생각이 들었다. 그 음식은 이름도 생소한 '시라스동'이었다. 시라스는 멸치의 치어를 부르는 말인데 잘 지은 밥 위에 막 잡힌 싱싱한 시라스를 생으로 올리거나 살짝 데치는 정도로만 요리해서 재료의 맛을 살려 만든 담백한 음식이다. 시라스동은 일본에서도 아무 지역에서나 흔히 먹을 수 있는 것은 아니고 제철에 시라스가 잡히는 바닷가에서만 먹을 수 있다고 하니 그야말로 제철 산지의 음식인 것.

우리나라는 잔멸치를 찌고 말려서 보관하며 먹는다. 볶거나 양념에 조려 반찬으로 먹는 일이 가장 흔하다. 멸치 회무침처럼 크기가 큰 생멸치를 이용한 음식이 있기는 해도 잔멸치를 생으로 먹는 것은 정말 낯설어 그 맛이 잘 상상이 안 갔다. 바다 건너라는 물리적인 거리도 단숨에 뛰어넘게 해 주는 여러 검색 채널들이 있으니 이럴 때는 시대가 정말 좋구나 싶다. 실제로 일본에서 시라스동을 만드는 법을 검색해 보았더니 산지가 아닌 이상 싱싱한 시라스를 구하기 어려운 것은 매한가지인 것 같다. 일반 잔멸치를 쓰거나 냉동한 시라스를 이용한다는 말을 듣고는 나도 용기를 냈다.

최대한 영화에 나온 것과 닮은 굵기의 잔멸치를 구했다. 잔멸치는 끓는 물에 살짝 데쳐 염분은 덜고 살은 촉촉하게 불린다. 이때 끓는 물에 맛술을 한 스푼 넣으면 비린내가 나지 않는다. 데친 것은 체에 잘 받쳐 물기를 뺀다. 다시마 우린 물에 쯔유를 더해 불린 쌀에 은은한 밑간을 하고 고슬고슬하게 솥밥을 짓는다. 넉넉한 그릇에 밥을 담고 물기를 뺀 잔멸치를 듬뿍 올린다. 이대로는 차림이 심심하니 쯔유와 맛술로 맛을 낸 몽글몽글한 달걀 지짐과 얇게 썬 깻잎이나 김을 올려 맛과 멋을 더한다. 좋은 버터를 작게 잘라 올리면 그 풍미가 또 잘 어우러진다. 잔멸치의 담백한 맛이 너무 좋아서 소복이 담은 것을 어느새 다 먹어 치우고 자꾸만 멸치를 더 추가하게 된다. 재료도 방법도 단출해서 한번 만들어 본 후로는 생각이 날 때마다 자주 식탁에 올리는 단골 요리가 되었다.

큰아이는 어릴 때부터 지금껏 나와 재미없는 영화(남편은 무척 재미없어하는 심심한 일본 영화들)를 즐겁게 봐 주는 내 영화 메이트다. 내용이 어렵거나 구성이 심심해서 과연 이 꼬마가 이해를 하긴 하는 걸까, 재미는 있는 걸까 궁금할 때도 있다. 막상 녀석은 별다른 질문도 없이 묵묵히 내 곁을 지키며 영화를 본다. 그렇게 우리가 함께 본 영화가 어느새 여러 편이 되었다. 녀석이 정말 뜬금없이 영화의 어떤 장면을 기억해 내거나 뒤늦은 질문을 하는 일도 있는데 제 나름대로 생각해 보고 곱씹는 과정을 거치는 것 같아 그게 참 예쁘고 기특하다. 〈바닷마을 다이어리〉도 큰아이와 함께 본 영화 중 하나이다. 그래서인지 잔멸치 덮밥을 만들 때마다 우리끼리만 아는 비밀의 요리를 하는 기분이 들어 재미있다. 잔멸치를 소복이 얹은 덮밥을 만들고 있으면 큰아이가 다가와 기뻐하며 "그거네!" 한다. 남편과 작은아이가 "그게 뭔데?" 하고 물으면 우리 둘만 아는 비밀의 미소를 짓는다.

작은아이가 꼽은 것은 '달걀말이'와 '내 맘대로 시리즈'였다. 큰아이를 키우는 동안에는 '달걀이 없었다면 이 아이를 어떻게 키울까' 싶은 순간이 정말 많았다. 육아의 팔할이 달걀이었달까. 아직도 큰아이에게 가장 좋아하는 것이 무어냐 물으면 덮어놓고 달걀이라고 말한다. 그런데 작은아이는 달걀을 아예 먹지 않았다. 작은아이는 권하는 엄마의 마음을 헤아려서 내키지 않는 음식이 있어도 거절하지 않고 꼭 한번은 먹어 보는데 달걀만큼은 미끄럽고 물렁한 식감과 비린내가 너무 싫다며 인상을 찌푸렸다. 영화 〈줄리 앤 줄리아〉의 주인공 줄리는 서른 살이 되어서야 처음으로 달걀을 맛본다. 그 장면을 보고 세상에 흔하디흔한 달걀을 그때까지 먹지 않다니! 하면서 놀랐었는데 우리 집에도 그 흔하디흔한 달걀을 안 먹는 꼬마가 태어난 것이다. 그런 작은아이가 가장 좋아하는 집밥으로 달걀말이를 꼽아 준 것이 무척 감동적이어서 울 뻔했다. 그냥 달걀말이가 아니라 '엄마의 달걀말이'라고 아주 정확하게 명명했는데, 왜냐하면 다른 곳에서 먹는 달걀말이는 역시 잘 넘어가지 않기 때문이란다.

감사하게도 얼마 전부터 작은아이가 먹기 시작한 첫 달걀 요리가 바로 달걀말이다. 작은 볼에 달걀을 충분히 풀고 가르듯이 여러 번 가위질을 해서 숨어 있는 알끈을 모두 자른다. 체에 걸러 깨끗하게 분리하는 방법도 있지만 가위질로도 같은 효과를 낼 수 있으니 간편한 쪽을 애용하고 있다. 잘 풀어 준 달걀물에 맛술을 넣어 은은한 단맛을 내고 달걀이 가진 옅은 비린내도 덜어 준다. 기본 간은 소금을 쓰지만 쯔유도 조금 넣어 주는데 이렇게 하면 색이 조금 더 진하게 나고 감칠맛이 더해진다. 나는 여기에 참기름도 반 술 더한다. 참기름을 넣느냐 안 넣느냐에 따라 맛과 향에 제법 차이가 있어서 꼭 한번 해 보셨으면 싶은 나름대로의 비법이다. 열이 잘 오른 팬에 내용을 잘 섞은 달걀물을 조금씩 부어 가며 도톰하고 매끈하게 말아 준다. 달걀말이는 뜨거울 때보다는 한 김이 식고 나야 반듯하게 잘 썰리지만 아무래도 따뜻할 때가 더 맛이 좋으니 썰지 않은 채로 접시에 올려 젓가락으로 가르며 먹기도 한다. 어느 날 저녁 달걀말이를 만들고 있는데 작은아이가 달려와 카스텔라 냄새가 난다고 했다. 이날은 달걀물에 애매하게 남아 있던 우유를 조금 넣어 보았던 날이다. 달걀과 우유, 소금이 들어가니 어쩌면 정말 카스텔라와 비슷한 냄새가 났을지도 모르겠다. 노랗게 익은 보드랍고 따뜻한 달걀말이를 조금 잘라 얼른 아이의 입에 넣어 주었더니 우아! 하는 감탄이 나왔다. 그날부터 작은아이는 달걀말이를 조금씩 먹기 시작해 지금은 좋아하는 반찬까지 되었다. 달걀말이에 눈을 뜨고는 달걀찜과 달걀볶음밥까지 점점 먹을 수 있는 달걀 요리가 늘어가는 중이라서 무척 기쁘다. 큰아이는 "드디어 경쟁상대가 나타났군" 하며 조금 아쉬워한다.

　작은아이가 한 가지 더 꼽아 준 것은 '내 마음대로 핫도그'다. 음식 이름 앞에 '내 마음대로'라는 수식을 붙이면 갑자기 즐거워진다. 내 마음대로 피자, 내 마음대로 김밥, 내 마음대로 핫도그, 내 마음대로 주먹밥처럼 아이들이 꼬물꼬물 무언가를 손에 쥘 수 있을 때부터 시작한 내 마음대로 시리즈가 몇 가지 있다. 그저 재료를 잘 손질해서 먹기 좋게 썰어 담고, 잘 어울리는 소스만 식탁에 올리면 되는 간편한 요리들이다. 넉넉한 크기의 앞 접시를 하나씩 차지하고 넣고 싶은 것을 내 마음대로 넣어 만들어 먹는 상차림은 차리는 사람도 먹는 사람도 즐겁다.

'핫도그 번'이라고 부르는 기다란 빵은 끝이 떨어지지 않게 남겨 두고 사이를 갈라 재료를 넣을 공간을 만든다. 번 사이에 버터를 살짝 발라 오븐에 따끈하게 데운다. 번에 넣는 소시지는 담백한 것보다는 육즙과 기름기가 충분한 것을 골라 뻑뻑해질 수 있는 빵과 균형을 맞춘다. 소시지는 잔 칼집을 넣어 노릇노릇하게 구워 주면 끝. 얇게 썬 토마토와 오이, 차가운 물에 담가 매운맛을 뺀 양파, 씹는 소리가 경쾌한 샐러드 채소라면 사실 무엇이든 다 좋다. 넉넉한 접시에 따뜻하게 데운 번과 잘 구운 소시지, 얄팍하게 썰고 물기를 제거한 채소들, 여기에 케첩과 마요네즈, 머스터드와 칠리 같은 냉장고에 상시 들어 있는 소스를 꺼내 두기만 하면 차림이 완성이다. 번을 하나씩

가져가 사이에 각자 좋아하는 재료를 실컷 넣고 좋아하
는 소스를 듬뿍 뿌려 만들어 먹는다. 내 마음대로 핫도그
는 언제 만들어도 좋지만 토요일 아침에 느지막이 일어
나 다 같이 까치집을 지은 머리 그대로 모여 앉아 만들어
먹는 것이 가장 좋다. 꼬질꼬질한 모습으로 각자의 핫도
그 만들기에 열중한 모습을 마주 보고 있자면 절로 웃음
이 난다.

누구나

자기 엄마 밥이

최고지

남편 퇴근 시간에 맞춰 감자전을 만들었다. 오늘 저녁은 감자전이라고 메시지를 보내니 퇴근 지하철에 올랐을 남편의 신이 난 답 메시지가 돌아왔다. 감자는 질감이 남아 있도록 강판에 쓱쓱 갈고 가루를 조금만 넣어 반죽을 만든다. 들기름을 돌돌 두른 팬에 반죽을 한 국자씩 떠서 동그랗게 부쳐 내면 고소하고 쫀득한 감자전이 만들어진다. 전은 한 번에 다 만들지 않고 두어 장씩 부쳐 가며 뜨거울 때 먹는다. 팬케이크같이 매끈하게 부쳐 낸 감자전을 젓가락으로 가르면 뜨거운 김이 피어나는데 그 김까지 함께 먹는 것이 진짜 전의 맛이기 때문이다. 막 만든 감자전을 먹일 그 정확한 타이밍을 위해 머릿속으로 남편이 걸어오는 길을 그리며 손을 놀렸다. 그런데 집에 돌아온 남편이 짜잔 하고 내민 접시 위를 보더니 "어, 이거 감자전 아닌데"라고 했다. 남편과 결혼을 하고 한집에서 산 지 한 달쯤 되었을 때의 일이었다.

이게 감자전이 아니라니 그럼 무엇이 감자전이란 말인가. 어릴 때부터 숱하게 먹어 보고 만들어도 본 것이 감자전이었다. 감자전이라는 말 뒤에 '맛있다, 고소하다' 같은 서술어를 붙이면 말이 된다. 백번 양보해서 '맛이 없다. 덜 익었다' 같은 서술어를 붙여도 말 자체가 성립되지 않는 것은 아니니 이해해 보려고 노력할 수는 있다. 그런데 감자전 뒤에 '아니다'라는 서술어는 어울리지만 않는 게 아니라 올 거라고 예상할 수 없는 아주 이상한 말이었다.

인사동 작은 골목 안에 이리 오너라 하고 불러야 할 것 같은 나무 대문집이 있다. 갈비찜과 잡채돌솥밥을 파는 한정식집인데 한국의 전통 상차림을 맛보고 싶은 외국인들이 많이 찾는 곳이다. 그곳에서 식사를 할 때 곁들일 찬으로 감자전을 주문했는데 집에서 먹던 것과는 조금 다른 것이 나왔다. 얄팍하게 채를 친 감자에 삶은 숙주를 섞은 반죽을 도톰하게 지져 낸 것이었다. 채를 친 것은 그리 낯설지 않지만 숙주를 넣은 것은 아마도 그 집만의 비법인 것 같았다. 이처럼 감자를 강판에 갈지 않고 채를 썰어 전을 만드는 방법도 있다. 칼질에 익숙한 사람은 아마 팔힘이 많이 들어가는 강판을 쓰는 것보다 채를 치는 편이 수월하다고 생각할 것이다. 곱게 채를 친 감자를 물에 잠깐 담가 녹말을 빼고 다시 물기를 제거해 가루를 무치듯이 버무려 얄팍하게 부쳐 낸다. 갈아서 만든 것이 매끈하고 쫀득한 느낌이라면 채를 친 것은 감자의 표면이 튀기듯 구워져 바삭바삭하다. 문득 그 생각이 나서 "아아. 채를 쳐서 만드는 것 말이지?" 하고 되물었더니 남편은 그것도 아니라며 입술을 삐죽였다.

결혼을 하고 막상 한집에서 살다 보니 내가 이 사람에 대해서 모르는 것이 정말 많았구나 하고 깨치게 되는 순간을 종종 만났다. 주로 이해할 수 없는 사소한 습관 때문에 놀라는 일이 많았는데, 세탁실에 빨래 바구니가 있는데도 양말을 벗어 욕실 앞에 둔다거나(왜?) 로션을 바르고 나서 뚜껑을 닫지 않는 것(아니 왜?), 베개를 반으로 꺾어서 베는 습관 같은 것(아니 도대체 왜?)은 조금 견디기 어려웠다. 그러나 그중에서도 가장 나를 힘들게 한 것은 이 남자가 서른 가까이 되도록 고치지 못한 편식쟁이라는 사실이다. 애써 만든 감자전을 앞에 두고 어린아이처럼 그거 아니라고 투정을 부리는 남편을 보니 내가 평생을 의지하고 살겠다 한 그 남자가 맞나 싶었다. 남편의 편식을 단시간 내에 고칠 수 있다고 생각한 것은 분명 나의 오만이었다. 오늘은 별 투정 없이 잘 넘어간다 싶으면 다 먹고 물러난 뒤에 "그런데 당신은 양파를 너무 좋아해!" 하고 뼈를 심어 말한다거나 버섯에서는 수영장 물맛이 난다며 오만상을 찌푸리며 몸을 터는 남편을 보고 있으면 절로 한숨이 나왔다. 어렸을 때는 식탁 위에 기름에 튀긴 것이 없으면 절대로 밥을 안 먹었다는 말을 어쩌면 그리도 의기양양하게 하는지. 어머님이 어떻게든 채소를 먹이고 싶어 양파에 옷을 입혀 튀겨 놓아도 귀신같이 알아채고 먹지 않았다는 일화를 들으며 어머님이 못 고친 편식을 내가 과연 고칠 수 있을지 자신이 없어졌다. 그럼에도 불구하고 편식쟁이 남편은 내가 만든 음식을 남기는 일은 없었다. 그것이 반찬 투정 부리는 남편을 귀엽게 봐 줄 면죄부였다. 다만 정말 맛있어서 맛있게 먹는 모습과 만들어 준 성의를 생각해 그저 그릇을 비우는 것은 큰 차이가 있어서 이왕이면 맛있게 먹을 만한 것을 만들어 주고 싶은 것이 또 아내의 마음이었다.

어머님께 전화를 걸어 남편이 말하는 감자전이 어떤 것이냐고 여쭈었다. 찬거리가 없을 때 감자나 고구마를 납작하게 썰어 반죽을 묻혀 튀겨 주던 것을 말하는 모양이라고 하셨다. 강판에 간 감자전 얘기를 했더니 맛있는 것을 해 줘도 먹을 줄 모르는 놈이라며 내 편을 들어주셨지만 전화는 감자 튀길 때 반죽을 묽게 만들어 묻혀야 한다는 당부로 끝이 났다. 어쩔 수 없지. 남편이 어렸을 때부터 먹었다는 그 감자전을 만들어 주니 "바로 이 맛이야"라며 먹는 표정과 속도가 달라졌다. 맛있게 먹는 것을 보면 마음이 좋았지만 "아무리 그래도 이건 진짜 감자전이 아니야" 하고 잘 먹는 얼굴에 대고 소심하게 일러 주는 수밖에는.

어렸을 때 들은 이야기는 그것의 진실 여부와는 상관없이 그대로 믿어 버리게 하는 힘이 있다. 늦은 밤까지 깨어 있다고 해서 나를 잡으러 올 망태 할아버지가 없다는 것을 알면서도 새벽에 홀로 잠이 깨면 덜컥 무서움이 찾아온다. '나는 이제 어른이고 망태 할아버지는 없어'라고 의젓하게 생각하면서도 화장실에 갔다가 침실로 돌아올 때 괜히 우다다 달리는 나를 발견하고 만다. 어렸을 때 들은 이야기처럼 어려서부터 먹어 온 엄마의 음식들도 몸에 각인처럼 남는다. 살아가면서 만나게 되는 모든 맛의 기준점이 되는 것 같다. 나보다 젊은 누군가에게 뭔가를 얘기하려다 보면 나도 모르게 절로 "라떼는"이라고 말하게 되는 것처럼, 내가 만든 음식을 먹기 시작한 남편은 "우리 엄마가 만든 것은"으로 운을 떼며 어릴 때 먹어 온 음식에 대한 이야기를 해 주었다. 남편의 어린 시절에 대해 더 알게 되는 것이 좋았지만 엄마가 만든 것은 이것과 다르다고 매번 말하고야 마는 남편의 이야기가 늘 즐겁지만은 않았다고 고백한다. 그래, 누구나 자기 엄마 밥이 최고지. 나도 우리 엄마의 음식 맛이 기준이 되어 있을 것이다. 집집마다 음식을 만드는 방식과 차림이 많이 다를 수 있다는 것도 결혼을 하고 배운 것이다.

　남편과 내가 모두 즐겁게 먹을 수 있는 음식을 기본으로 만들면서 나 나름대로는 언제 끝이 날지 모르는 편식과의 전쟁을 선포했다. 남편에게 익숙한 방식으로 조리

법을 바꾸기도 하고 한 번도 먹어 본 적 없다는 음식의 첫 경험을 함께 해 주기도 하면서 천천히 먹을 수 있는 음식들을 늘려 나갔다. 식구는 둘에서 시작해 이제 넷이 되었다. 두 아이를 골고루 잘 먹는 사람으로 키우려니 남편은 먼저 자신의 편식을 고치지 않으면 안 되었다. 아이를 가르치기 위해 남편은 자신도 먹지 않던 채소의 중요한 영양소를 읊으며 아이들과 같이 입에 넣었다. 덕분에 둘이었을 때보다 먹는 채소의 종류와 양이 꽤 많이 늘었다. 결국 남편의 편식을 고친 것은 두 아이를 잘 가르치고 싶었던 아빠의 마음일지도 모르겠다.

종종 어른들께 사진과 함께 오늘 저녁에 무엇을 지어 먹었다는 메시지를 보내 드리곤 한다. 건강히 잘 지내고 있다는 안부 같은 의미다. 그러면 어머님은 "잘 채렸구나" 하고 칭찬해 주신다. 몇 년 전에는 "더도 덜도 말고 지금처럼만 이쁘게 살아라" 하고 덕담해 주셨는데 그간 칭찬을 받아 본 적이 없던 나로서는 그 말이 훈장을 받은 것처럼 좋았다. 그러다가 올해는 남편이 밥 먹는 모양을 유심히 보시던 어머님이 "모자란 건 네가 지금처럼 잘 가르쳐 가며 살아라" 하셨다. 쏙 빠져 있는 주어가 남편이라는 사실을 깨달았을 때, 어머님이 나를 온전히 믿어 주시는 것 같아 나도 모르게 눈물이 났다. 그것이 음식에 대한 이야기만은 아니라는 것을 나는 잘 안다.

별것 아닌 것 같아도 매일매일의 끼니가 모여 달을 이룬다. 한집에서 한 가지 음식을 지어 나누다 보면 절로 마음과 생각의 박자가 비슷해진다. 식탁을 차리며 음식을 담을 때마다 식구의 얼굴들을 떠올린다. 남편의 밥공기에는 밥을 한 번 더. 큰아이의 국그릇에는 국물을 더 많이. 작은아이는 뜨거운 것을 잘 못 먹어 한 김 식힐 수 있도록 작은 앞 접시를 꺼내 밥공기 곁에 둔다. 다 같은 그릇이지만 담기고 놓인 모양새를 보고 그게 누구의 것인지 누구의 자리인지 우리 집 식구라면 다 알아차릴 수 있다. 끼니를 함께 나누다 보면 서로가 좋아하는 것을 알게 되고 절로 맞춰 가는 법을 배운다. 전에는 잘 몰랐는데 오래 한집에서 살다 보니 자꾸 닮는다. 서로의 표정을 보면서 사니까 닮은 표정으로 살게 된다. 거울같이 마주 보고 서 있는 서로에게 더 좋은 사람이 되고 싶어진다.

꽃 다 발 보 다

더 예 쁜

열 무

엄마와 외출을 했다가 집으로 돌아오는 길에 꽃집에 들러 프리지어 꽃다발을 산 일이 있었다. 아무 날도 아니었지만 "이 계절에만 나오는 것이니까" 하고 엄마가 내게 선물해 주셨다. 그때는 내가 가진 것 중 가장 예쁘고 좋은 것을 피아노 위에 올려 두곤 했는데 노란 프리지어 다발이 그 자리에 놓였다. 이렇게 달콤한 향을 풍기는 명랑한 꽃이라니 하고 감탄했다.

한 달 단위 용돈을 받기 시작한 중학생 때부터 나는 아무 날도 아닌 날 종종 꽃집에 가서 방에 놓아둘 꽃을 샀다. 봄에는 잊지 않고 프리지어를, 가을이 되면 소국을 사러 갔다. 안개꽃을 한 아름 사다가 말리기도 했는데, 다 마른 것은 손편지를 보낼 때 한 가지 잘라 넣으면 또 특별한 장식이 되었다. 장미 한 송이를 사서 친구들에게 선물하는 일도 좋아했다. 뿌리가 잘리고 가지가 꺾인 꽃을 안타까워했던 딱 한 명 친구를 제외하고는 가까운 친구들 중에서 내게 꽃 선물을 받아 보지 않은 사람이 없었다. 아이스크림콘처럼 비닐 포장된 한 송이 장미는 그 시절 유행이기도 해서 늘 꽃집 앞에는 양동이 가득 장미 콘이 꽂혀 있곤 했는데 참새가 방앗간을 못 지나치듯 그걸 그냥 지나치기가 어려웠던 기억이 난다. 어버이날이면 문구점 앞에서 파는 조화나 초록색 플로럴 폼에 듬성듬성 밉게 꽂은 바구니 꽃 대신, 생화 카네이션을 엮은 코르사주corsage를 주문해서 선물해 드렸다. 제 방에 꽂을 꽃을 사겠다고 종종 들르는 이 여중생을 꽃집 아주머니는 무척 귀여워하셨다. 그래서 미리 많이 만들어 진열해 둔 카네이션이 아니라 새 코르사주를 주문해도 귀찮아하지 않고 얼굴이 밝고 큰 카네이션만 골라 즉석에서 뚝딱 만들어 주셨다. 할아버지 할머니 것까지 늘 네 개를 준비해야 하다 보니 생화 코르사주 값은 중학생에게는 꽤 큰 지출이었다. 그렇지만 어버이날이 지난 후로도 작은 유리컵에 꽂혀 할머니의 화장대 위에서 또 식탁 한편에서 그 고운 향과 함께 오래오래 귀염을 받으니 그것으로 충분히 행복했다.

꽃을 참 좋아한다. 이사를 가게 되면 집 반경을 돌며 괜찮은 꽃집이 있는지를 먼저 물색한다. 물건의 종류가 적당히 갖추어져 있는 슈퍼마켓과 신뢰할 수 있는 병원만큼 꽃집은 내게 중요한 장소이기 때문이다. 꽃집 앞을 지날 때는 꼭 살 것이 없어도 앞을 서성이며 구경한다. 외출을 할 일이 있으면 조금 돌아 걷더라도 꽃집 앞을 지나도록 동선을 정한다. 오늘은 어떤 얼굴이 있을까 설레면서 꽃집에 가는 것을 좋아한다. 내 것이 될 꽃을 고르는 일과 다발을 다치지 않게 살포시 끌어안고 걷는 길도, 꽃병에 알맞도록 키와 잎을 다듬는 일과 놓아둘 자리를 정해 올려 두기까지의 꽃과 관련된 모든 일을 좋아한다. 아무 날도 아닌 날일수록 꽃을 사면 특별한 날이 된다. 누군가를 축하하거나 위로할 일이 있을 때는 그 사람을 생각하며 꽃집에서 예쁜 중의 가장 예쁜 것을 고른다. 특히 그 계절에만 잠깐 나오는 귀한 꽃을 놓치지 않고 집에 들이면 아름다운 계절의 호사를 누리는 것 같아 뿌듯하다.

동네에 청과물 가게가 새로 생겼다. 새벽마다 도매시장에서 사 온 싱싱한 청과를 문짝마저 모두 떼어 내고 시원하게 열어젖힌 가게에서 상자째 늘어놓고 판다. 어느 정도 다듬어진 물건이 포장에 깔끔하게 담긴 것이 아니라 흙 묻고 겉잎까지 그대로 붙은 날것 그 자체의 싱싱함이 전시가 되는 활기찬 가게였다. 아침이면 동네 가게들 중 가장 일찍 문을 열었는데, 점심이 지나고 나면 다 팔고 문을 닫아 버릴 정도로 인기가 있었다. 과일과 채소의 종류도 많고 때때로 동태나 물 좋은 오징어가 들어오는 날도 있어서 찬거리 장을 보기에 좋았다.

어느 날부터 꽃집에 가는 것처럼 청과물 가게에 들르기 시작했다. 이 청과물 가게에서 나는 싱싱한 푸성귀 냄새를 좋아한다. 팔팔하고 커다란 잎사귀를 달고 있는 채소들을 보면 해 먹을 줄 몰라도 사고 싶다는 생각이 든다. 가지 채 도롱도롱 매달린 토마토나 부스스한 잎과 기다란 줄기를 그대로 달고 있는 당근을 보면 귀여워서 그냥 지나치기가 어렵다. 까맣고 고운 흙을 묻히고 있는 감자를 발견하면 어서 저것을 데려다가 차가운 물을 틀어 놓고 바드득바드득 뽀얗게 닦아 썩썩 칼 소리를 내며 자르고 싶어진다. 찌개도 끓이고 폭폭 찌기도 하면 얼마나 맛좋을까 상상을 하다가 흙 묻은 감자 앞에서 침을 꼴깍 삼키기에 이르렀다. 그러다가 어느 날 덥석 커다란 열무단을 사고 말았다. 햇여름 냄새를 풍기는 어여쁜 연둣빛에 홀딱 넘어가 버린 것이다. 그야말로 꽃다발보다 더 예쁜 열무였다. 멋있는 사람을 발견했을 때처럼 괜히 못 본 척 흘끔거리는 내게, 열무는 들릴 듯 말 듯 한 작은 소리로 "아작아작, 아작아작" 하고 속삭였다. 아무튼 정신을 차려 보니 내 어깨에는 베개만 한 열무단이 얹어져 있었다.

음식 만드는 데는 별로 겁이 없다. 잘하든 못하든 '한번 만들어 볼까' 하는 생각이 들면 먹어 본 맛을 흉내 내며 지어 보는 편이지만 내 손으로 직접, 그것도 손질이 안 된 열무를 산 것은 이번이 처음이었다. 호기롭게 첫 열무김치에 도전해 보기로 한 것이다. 작은 주방에 열무를 잔뜩 늘어놓고 다듬었다. 까슬한 솜털이 있는 억센 잎은 뜯고, 연두 끝에 매달린 검지만 한 무의 흙은 과도로 칵칵 긁어냈다. 무청은 차가운 물을 졸졸졸 틀어 놓고 가닥가닥 머리채를 설설설 흔들어 가며 씻었다. 얼마나 열심히 씻었는지 팔꿈치까지 다 젖고 말았다. 물기를 빼느라 채반에 척척 얹어 놓은 어린 무에서는 박하처럼 상쾌한 냄새가 났다. 흙과 티를 벗어 투명해진 열무는 다듬어 물을 올린 꽃처럼 예뻤다.

첫 열무 손질에 손이 절로 움직이는 것이 나도 신기한데, '여린 열무는 너무 많이 만지면 안 된다. 가지 꺾일 때마다 풋내가 나기 때문에 버무릴 때도 살살 어르는 듯이' 하고 귓가에 들리는 것은 분명 엄마 목소리였다. 김치를 담그는 날이면 양념 묻은 엄마 손을 대신해서 "그만!" 하고 정해 줄 때까지 소금이든 고춧가루든 젓국이든 부족한 것을 더 넣기도 하고, 찹쌀 풀이 냄비 바닥에 눌어붙지 않도록 뜨거운 냄비 속을 살살 젓는 것처럼 자잘한 일들을 도왔다. 김칫거리를 씻는 동안 채반을 나르고 양념 묻은 잔설거지를 거들며 배운 모든 것들은 어느새 내 살림 밑천이 되었다. 금방 버무려 막 채수가 배어 나오기 시작한 풋김치의 첫 간을 보는 것만큼 큰 공부가 있을까. 번호를 매긴 레시피로 배웠다면 모를 진짜 열무김치의 서사였다. 배를 반쪽 갈아 넣어 맵지 않게 양념을 만들고 켜켜로 열무를 쌓아 양념장 척척 올려 어르듯 버무렸다. 깨끗

하게 새로 닦아 놓은 통마다 옮겨 담으니 갑갑하던 코가
팽 풀리고 창 열어 새 공기로 바꿔 놓은 것처럼 가슴이 시
원해졌다. 냉장고에 바로 넣지 않고 반나절 그대로 두었
더니 맛있는 채수가 우러나와 열무 몸이 잘바닥하게 잠
겼다. 그날 저녁 식탁 위에 올린 열무는 모두의 입으로 들
어가 "아작아작, 아작아작" 거렸다.

　꽃집에 가듯 살 것이 없어도 청과물 가게 앞을 기웃거
리며 구경한다. 외출 길에는 청과물 가게 앞을 지나도록
일부러 빙 둘러 걷기도 한다. 푸성귀를 들여다보자면 초
록도 같은 초록이 없고, 잎사귀 하나도 모두 다르게 예쁘
다. 봄에는 잊지 않고 냉이와 두릅을, 여름 끝자락에는 참
나물을, 가을이 되면 찬바람에 달게 여문 무를 사러 간다.
사 온 것은 깨끗하게 다듬어 꽃을 보듯 한참을 들여다본
다. 저녁에 지어 먹을 채소를 골라 한 접시에 소담히 둘러
놓으면서 이보다 더 생생한 센터피스는 없을 거라고 생
각한다. 그 계절에만 잠깐 나오는 귀한 것을 놓치지 않고
식탁에 올리면 아름다운 계절의 호사를 누리는 것 같아
뿌듯하다. 베개만 한 열무와 맵싸한 향을 풍기는 커다란
대파 꾸러미를 끌어안고 걸으면 씩씩한 사람이 된 것만

같아 기분이 좋다. 열무가 꽃보다도 예쁘다는 것을 아는 사람이 되었다는 사실이 퍽 좋다.

나라고

별수 있겠나

배추 한 포기는 소금에 절일 때 크기에 따라 4쪽에서 6쪽
으로 가른다. 대개는 4쪽이 적당한데 소를 버무려 통에
담아 보관하기 좋은 크기다. 그런데 막상 식탁에 낼 때는
또 이야기가 달라진다. 4분의 1쪽도 양이 꽤 되기 때문에
우리 집처럼 김치에 별 욕심이 없는 사람들이 식사를 할
때는 그것의 반이면 족하다. 그마저도 각자 할당량을 정
해 주고 열심히 집어 먹도록 하지 않으면 남기는 일이 생

기고 만다. 한번 식탁에 오른 것은 다시 냉장고에 들어가는 일이 없도록 하는 것이 우리 집의 원칙이기 때문에(들어갔다가 다시 나온 것은 정말 아무도 먹지 않는다) 김치도 꼭 먹을 만큼만 담아낸다.

우리 집은 김치냉장고가 없다. 애초에 필요한 줄 몰라서 들이지 않았는데 앞으로도 필요할 것 같지는 않다. 남편은 김치를 좋아하지 않는다. 금방 버무린 깍두기 몇 알이나 겉절이 정도만 먹고, 묵혀 가며 먹는 김치에는 영 관심이 없다. 어렸을 때부터 뒤꼍에 땅을 파고 독을 묻어 겨우내 차게 보관해 가며 종류별로 김치를 먹고 자란 나는 이토록 김치를 먹지 않는 사람이 있다는 것이 신기했었다. 김치찌개를 좋아한다더니 찌개 속에 넣은 돼지고기 열 점에 작은 김치 한 조각을 곁들여 먹는 것을 좋아한다는 말이었고, 김치볶음밥을 좋아한다더니 김치와 동량의 햄이나 달걀이 들어 있지 않으면 입술을 삐죽 내밀었다.

결혼을 하고 그 첫해에 시댁에서 김장 김치를 보내 주셨는데 그 양이 실로 어마어마했다. 그것을 다 담을 김치통이 없어 통부터 사들여야 했고, 다 담아 정리를 하고 보니 넉넉했던 냉장고의 반이 김치로 가득 차고 말았다. 그날부터 볶고 끓이고 부치며 아무리 열심히 상에 내놓아도 남편은 거의 손을 대지 않아서 한 통을 채 비우기 어려웠다. 남편이 잘 먹는 것을 위주로 지어 주다 보니 어느덧 나도 김치 없는 상차림에 익숙해졌다. 그래도 아이들에게는 김치 먹는 법을 가르치고 싶어서 맛이 잘 오른 계절 채소를 사다가 아주 조금씩만 김치를 담가 먹는 것으로 해결법을 찾았다. 작은 알배기 배추로 겉절이를, 무 한 통을 반으로 나누어 물김치와 깍두기를 담는다. 열무 한 단을 버무리고 오이 서너 개로 소박이를 담가 푹 익기 전 아작아작할 때 다 먹어 버린다. 한 식탁에 앉아 아이들 밥 먹는 것을 가르치는 동안 이제는 남편의 김치 편식도 꽤 많이 고쳐졌다. 기꺼운 마음으로 스스로 김치를 좀 집어 먹게 되었달까. 하지만 그렇다고 해서 먹는 양이 늘어난 것은 아니다.

올해는 친정에서 일찍 김장 김치를 보내 주셨다. 배추김치 한 통에 백김치가 또 한 통, 갓김치와 물김치가 또 작은 것으로 각각 한 통씩이다. 그날 저녁에는 돼지고기 삶아 수육을 만들고 보내 주신 것을 종류대로 꺼내 호사스러운 김치 한 상을 차려 먹었다. 이렇게 잔뜩 먹고 나면 우리 집 식구는 당분간 김치에는 손을 대지 않는다.

그보다 한 주 전에 엄마가 가꾸시는 텃밭에서 수확한 배추를 세 통이나 주셨더랬다. 신문지로 잘 싸서 봉지로 꼭 묶어 서늘한 곳에 두면 오래 보관할 수 있는 것이 배추인데 그것이 핑계가 되어 내 몫이 갑자기 많아졌다. 찬을 만들어 먹기에 한 포기면 충분하다고 했지만 엄마는 기껏 배추 세 포기를 못 먹겠느냐 무척 서운해하셔서 하는 수 없이 받고 말았다. 한 아름 들고 온 커다란 배추 세 포기는 냉장고 한 칸을 모두 점령해 버렸다. 거기에 종류대로 도착한 김장 김치들을 채웠더니 평소에는 반 정도밖에 차지 않는 냉장고에 여유가 하나도 남지 않게 되었다. 속 노란 배추 고갱이들은 쌈을 싸 먹고 야들야들한 중간 것은 얇게 썰린 소고기와 청경채를 사다가 켜켜이 쌓아 밀푀유 전골을 끓였다. 넓적하고 큰 잎은 도톰한 속대를 밀대로 밀어 평평하게 펴고 반죽을 얇게 묻혀 배추전을 부쳤다. 이렇게 열심히 거의 매일 배추 음식을 지어 먹었는데도 한 통을 먹는데 거의 한 주가 걸리고 말았다. 그런데 어제 시댁에서 "김장 김치 한 통 보내 주랴?" 하고 연락이 왔다. 살며 어머님의 음식 손 크기에 놀란 일도 정말 여러 번이라(온 동네 사람에게 두 포기씩 나누어 주어도 남을 만큼의 김치가 온 적도 있는데 그때는 가까이 지내는 동생들이 통을 들고 우리 집에 김치를 받으러 오곤 했다) 조금만, 아주 조금만 신신당부를 드렸더니 이제는 이렇게 물어봐 주신다. 안 받으면 서운해하실까 봐 "엄마 김치 주시면 좋지요" 하고 대답했다.

친정의 김치는 맑은 액젓과 효소들을 넣어 깨끗하고 시원한 느낌이라면, 시댁의 김치는 젓갈이 듬뿍 들어가 간간하고 골콤한 풍미가 좋다. 두 김치의 매력이 다르니 음식 만드는 사람은 다 받아 맛보고 싶은 욕심이 생긴다. 그나저나 아, 큰일은 큰일이다. 아직도 두 포기의 생배추와 각종 김치가 자기들을 먹어 주기만을 기다리고 있는데 또 김치가 도착 예정이라니.

며칠 동안 저녁마다 김치가 된 배추, 절인 배추, 삶은 배추, 부친 배추, 끓인 배추를 먹던 아이들이 얼마나 더 배추 음식을 먹어야 하는지 묻는다. 아직 한참 남았다는 의미로 어깨를 으쓱했더니 "우리 할머니들은 다 좋은데 너무 많이 주시는 게 흠이에요" 하고 둘째 녀석이 말했다. 그 말을 들으니 문득 궁금해져서 물었다. "만약 이다음에 너희들이 독립을 하게 되었을 때 엄마가 김치를 잔뜩 보내면 어떻게 할 거야?"라고. 그랬더니 두 녀석 모두 "좋은데 조금만 달라고 할 것 같아요" 하는 거다. 그래서 나도

얼른 대답했다. "나도 15년째 조금만 달라고 하고 있는
데." 이 말에 두 녀석과 남편이 박장대소했다. "너희들이
조금만 달라고 했는데 그래도 엄마가 할머니들처럼 많이
보내면 어떻게 할 거야?" 했더니 곰곰 생각하던 둘째 녀
석이 나를 보고 씩 웃으며 이렇게 대답했다. "우리 엄마는
그럴 리가 없어요."

　나는 정말 그럴 리가 없을까. 저녁 식탁을 지우고 설거
지를 하며 생각해 보니 나라고 별수 있겠나 싶다. 나도 결
국 아이들에게 다 못 먹을 만큼의 김치를, 밑반찬과 끓여
얼린 곰국이나 카레를, 적게 담으면 안 될 것만 같아 커다
란 통에 꼭꼭 눌러 담은 그 마음들을 보내게 될 것만 같
다. "엄마 제발 조금만!"이라고 해 봤자 결국 소용없는 것
이었다.

모 카 포 트 와

라 면 의

과 학

1

내 첫 모카포트는 남편이 구 남자친구이던 시절에 생일
을 기념해 선물해 준 것이었다. 은빛이 반짝이는 작고 귀
여운 아이인데 친정 엄마가 비슷한 시기에 선물해 주신
원두 그라인더와 함께 집 커피를 시작하게 해 준 고마운
물건이다. 그즈음에는 출근 준비를 하면서 모카포트로
커피를 한잔 만들어 마시는 것이 큰 낙이었다. 여행을 가

게 되면 칫솔처럼 챙겨 가는 것이 또 이 모카포트였다. 그게 어디든 모카포트로 커피를 만들어 마시면 낯선 여행지의 숙소가 집처럼 아늑하고 다정하게 느껴졌다. 함께 여행을 간 가족이나 친구들에게 모카포트로 맛있는 커피를 만들어 대접하는 것도 큰 즐거움이었다.

알루미늄 소재의 모카포트는 녹슬기가 쉬워 사용 후에는 반드시 잘 닦아 말리는 과정이 필요하다. 그 점이 퍽 번거롭지만 그래서 조금 더 특별하게 느껴지기도 했다. 잘 관리한다고 애썼는데도 잠깐 다른 커피 메이커에 한눈을 파는 사이 가장 약한 안쪽 부분에 엷게 녹이 슬어 버렸다. 반짝이던 빛은 바랬어도 나의 첫 커피 살림이기에 기념품처럼 아끼며 여전히 잘 보관하고 있다.

모카포트는 귀여운 주전자처럼 생겼다. 허리의 이음을 돌려 열면 크게 세 부분으로 나누어지는데 맨 아래부터 보일러, 바스켓, 컨테이너라고 부른다. 깊은 컵처럼 생긴 보일러는 직접 불에 닿는 부분이다. 이 보일러 안에 작은 돌기처럼 튀어나온 압력 밸브를 기점으로 물을 담는다. 그 위에 자잘한 구멍이 있는 깔때기 모양의 바스켓을 올린다. 바스켓에는 설탕 알갱이 정도의 크기로 분쇄한 원두를 담는다. 그냥 담는 것이 아니라 소복이 올려 손가락

자로 평평하게 깎아 내야 한다. 커다랗고 묵중한 도장처럼 생긴 탬퍼를 이용해 커피 가루를 꾹 눌러 단단하게 다져도 좋다. 그 위에 컨테이너를 결합한다. 최종적으로 추출된 커피는 이 컨테이너에 담기게 된다. 바스켓과 만나는 컨테이너의 바닥 부분은 작은 구멍이 여러 개 뚫린 필터로 이루어져 있고 필터는 수증기 압력이 새어 나가지 않게 꽉 잡아 주는 개스킷으로 둘려 있다. 보일러의 물이 가열되면 순간 압력의 수증기가 커피 가루가 담긴 층을 통과해서 위로 커피를 추출한다.

모카포트가 있으면 다른 커피메이커보다 훨씬 진한 커피를 얻을 수 있다. 물론 끓는 압력의 차이가 있으니 카페에서 쓰는 커다란 머신이 만들어 내는 것처럼 진득한 에스프레소의 질감은 아니지만 수증기가 커피가 쥐고 있는 본연의 기름 성분까지 추출하기 때문에 별도의 여과지가 있는 다른 커피메이커에서 만든 것과 다르게 맛이 짙다. 이것을 두고 다소 거칠다고 표현하는 사람들도 있는데 기름을 깔끔하게 걸러 낸 여타의 방식보다 훨씬 고전적인 맛에 가깝다는 평을 하는 전문가들도 있다고 한다. 고전적인 커피의 맛이 대체 무엇인지 전문가가 아닌 나는 잘 구별하지 못하지만 모카포트의 커피 맛을 좋아한다는 것만큼은 틀림없다.

몇 해 전 모카포트 커피 맛이 그리워 새것을 하나 더 들였다. 전에 사용하던 것이 육각으로 깎인 가장 클래식한 디자인이었다면 이번 것은 둥그렇게 깎고 빨강, 파랑, 노랑 색을 입힌 명랑한 디자인이다. 평상시에는 핸드 드립의 방식으로 커피를 만들어 마시지만 한 번씩 이 명랑한 모카포트를 꺼내 쓴다. 아직도 모카포트를 쓸 때마다 신기하기만 하다. 분명 물은 맨 아래에 넣었는데 열을 가하면 쿠륵쿠륵 밥 끓는 소리를 내며 꾹 눌러 담은 고운 커피 가루 층을 통과해 위로 커피를 뽑아내는 것이. 수증기와 순간 압력이라는 단순한 원리를 이용한 물건이라지만 나 같은 문과생이 도달할 수 있는 이해점은 너무 낮아 볼 때마다 매번 신기하고 다시 새삼 궁금하다.

2

라면을 끓일 때 면보다 수프를 먼저 넣으면 높은 온도에서 조리할 수 있어 더 맛있다고 했다. 순수한 물의 끓는 점은 100℃인데 수프를 먼저 넣으면 이 물에 불순물이 섞

이게 되는 것이니 끓는 점을 더 올릴 수 있다. 끓는 점이 높으면 짧은 시간 내에 익히게 되어 쫄깃한 면발의 맛을 보장할 수 있게 된다고. 이 얘기는 내가 신입생일 때 동아리 엠티에서 무려 물리학과 선배가 직접 라면을 끓이면서 해 준 것이었다. 그때 나는 처음으로 과학이 멋지다고 생각했었다. 같은 라면이라도 가정집과 식당에서 끓이는 것은 맛의 차이가 있는데 이것도 화력 때문이라고 한다. 화력에 따라 끓는 점이 바뀌는 것은 아니지만 식당 불의 센 화력이 냄비 바닥뿐만 아니라 음식에도 곧바로 전달되어 더 짧은 시간 안에 조리할 수 있으니 역시 같은 이치구나 싶다.

'수프 먼저'는 20년 전만 해도 신기한 이야기였지만 이제는 라면을 조금이라도 더 맛있게 끓이고 싶어 궁리해 본 사람이라면 누구나 한 번쯤은 해 보는 흔한 방법이 되었나 보다. 어느 날부터 라면 봉지 뒷면에는 "수프를 먼저 넣게 되는 경우 끓어오름 현상으로 인해 화상의 위험이 있습니다"라는 경고 문구가 추가되어 있다. 맛도 맛이지만 역시 안전한 것이 가장 좋은 방법이려나.

가끔 내가 라면을 먹고 있으면 작은아이가 곁에 와서

단골로 해 주는 이야기가 있다. '라면 국물에는 뜨거운 밥을 말지 않고 찬밥을 말아야 한다'는 말을 매번 처음인 것처럼 일러 준다. 과학서를 무척 좋아하는 녀석은 책의 긴 내용을 기억하고 있다가 토씨 하나 틀리지 않고 줄줄 외워 들려준다. 뜨거운 밥을 국물에 말면 밥알의 전분이 국물에 퍼져 싱겁고 걸쭉해지지만 찬밥은 시간이 지날수록 수분이 더 증발하고 표면이 굳어서 국물에 말아도 전분이 풀리지 않고 오히려 국물을 끌어들여 맛을 더 좋게 만든단다. 정작 라면을 먹지 않는 작은아이는 그 이야기가 끝나면 만족했다는 듯 미련 없이 내 곁을 떠난다. 라면 먹을 때 작은 종지에 담긴 신김치나 단무지가 입맛을 돋우는 것처럼 작은아이가 매번 들려주는 이 이야기가 내게는 귀가 즐거운 고명 같다.

종종 라면을 끓일 때 아차차 수프를 먼저 넣었어야 하는데 하고 이미 손을 떠난 면을 휘저으며 얕은 후회를 하기도 하고, 더운밥을 말다가 아차차 작은아이 눈치를 보게 된다. 그러나저러나 라면은 어떻게 먹어도 맛있어서 또 잊고 마는 게 문제지만.

참을 수 없이

가벼운 끼니의

소중한 무게

어떤 날은 조금 슬프고 궁상스럽다. 먹으려고 꺼내 놓은 식탁 위 음식을 내려다보다가 문득 그렇게 느낀다. 특별한 것을 만드는 것도 아닌데 나 먹자고 칼, 도마를 꺼내고 불을 켜는 일에 마음이 잘 동하지 않는다. 가족들이 저마다의 자리를 찾아 나서고 혼자가 되면 적당히 아무렇게나 끼니를 때우고 싶어지는 것도 사실이다. 냉장고를 열어 자투리 음식들을 꺼낸다. 배달을 시켜 먹고 조금씩 남은 치킨 조각 같은 것, 아이들은 좋아하지 않는 식빵의 껍질 부분, 한 접시도 반 접시도 아닌 애매한 양의 음식들을 냉장고에 보관해 두었다가 전자레인지에서 찬 기운만 없애 먹어 치운다.

어렸을 때부터 '먹어 치우다'라는 말이 무척 싫었다. 어린 나를 먹이던 어른들은 아이가 양껏 충분히 잘 먹기를 바라는 마음이었을 것이다. 그런데도 그런 다정한 마음을 꺼내 보이는 것이 쑥스러워서였는지, 그보다는 잔반을 남기지 않고 먹는 것을 가르치는 일이 더 귀하다고 여겨서였는지 "많이 먹어" 하면 될 것을 재우치듯 "남기지 말고 먹어 치워" 하고 말해 꼭 기분을 상하게 했다. 한 번도 기분이 상했다는 것을 말로 꺼낸 일은 없지만 어른들은 '먹다'와 '먹어 치우다'의 차이를 모르는 것이 분명하다고 혼자 속으로 나쁘게 생각했다. 그럴 때는 사과 같은 내 얼굴에 눈과 코처럼 반짝거리는 입이 달린 것이 아니라 음식을 남김없이 빨아들이는 이를테면 진공청소기의 호스 같은 것이 달린 기분이 들곤 했다. 그랬던 내가 식구들의 끼니는 정성스럽게 챙기면서도 혼자가 되면 먹어 치워 버리는 식의 식사를 하고 있었던 것이다.

점심을 한자로 적으면 點心, '점' 점에 '마음' 심이다. 한자 풀이 그대로 점심은 마음에 점을 찍듯 가볍게 요기하면 충분하다는 뜻이다. 혼자가 되어 먹어 치우는 나의 점심을 오직 물리적인 무게로만 환산한다면 한자의 뜻을 크게 거스르지 않는 가벼운 요기에 가깝기는 하다. 그러나 중요한 것은 접시 위의 음식을 먹고 있는 것인가 먹어 치우고 있는 것인가의 차이에 있다. 조금 슬프고 궁상스러운 기분의 범인은 나를 스스로 아끼지 않는 마음에 있었다.

어느새 건강검진 결과가 성적표가 되는 나이가 되었다. 성적이 이게 뭐냐며 엄마에게 혼이 나서 울던 그 옛날은 차라리 귀엽고 행복했다. 정상에서 조금씩 벗어나고 있는 몇 가지 수치와 일면식도 없는 의사가 한 인간의 건강을 우려해서 감정 없는 말투로 적은 문장을 읽다 보면, 혹 아픈 채로 살게 될까 봐 겁이 난다. 몇 년 전 몸이 많이 나빠져 잠깐 입원을 하게 되었을 때 아픈 아내와 아픈 엄마가 되어 있는 상황이 안타까워 많이도 울었다. 그러나 시간이 지날수록 그보다는 아픈 내가 된 것을 반성했어야 한다는 생각을 하게 된다. 건강하고 행복한 내가 건강하고 행복한 아내도 엄마도 될 수 있다는 것을 잊으면 안 된다. 그때 결심한 것이 있다. 시간을 들여 나에게 좋은 것을 만들어 먹이기로.

내 몫의 밥은 잡곡과 현미를 넣어 짓는다. 나는 현미밥을 좋아하는데 애써 지어 놓으면 모두 입 안에 도는 느낌이 깔끄럽다고 투정을 한다. 그래서 남편과 아이들의 밥은 잡곡을 조금만 넣은(밥 한 순가락에 귀리나 렌틸콩 수수 등이 두루 섞인 잡곡 알갱이가 한두 개 올라가는 정도의 비율) 흰밥을 기본으로 짓는다. 그리고 내가 먹을 것은 여유가 있을 때 따로 지어 한 번 먹을 만큼씩 포장해서 냉동실에 얼려 두었다가 식탁을 차릴 때 꺼내 따끈하게 데운다.

식탁 차림을 종종 사진에 담아 SNS에 게시하면 다른 식구들의 밥은 하얀 반면 내 것은 색이 누렇다 보니 지은 지 오래된 것이나 맨 밑에 눌어붙은 부분이라고 오해하시는 분들이 꽤 많았다. 종종 가족을 먹이느라 본인들도 그런 밥을 먹는다면서(혹은 내 어머니께서는 늘 그런 밥을 드셨다면서) 연민과 위로를 담은 글도 적혔다. 한 그릇만 노란 현미가 담긴 것이니 달리 보였을 수는 있지만 내가 엄마이기 때문에 그런 밥을 먹을 것이라고 너무 쉽고 자연스럽게 생각하는 것이 이상했다. 그래서 언젠가 이 글을 꼭 써야겠다고 생각했다.

나의 남편과 아이들을 아끼고 사랑하며 살뜰히 보살피는 일은 내가 차고 오래된 밥을 먹는 것과는 조금 다른 문제이다. 예로부터 어머님은 짜장면이 싫다고 하셨고, 닭다리보다는 닭 껍질이나 닭 목이, 생선은 도톰한 살이 아니라 대가리가 맛있다고 하셨다. 나의 친정 엄마도 항상 좋은 것이 있으면 아이와 남편에게, 또 늙으신 시부모님께 양보하셨다. 엄마의 그런 깊은 사랑에 늘 감사하며 살았다. 이것은 의심 없는 사실이다. 하지만 엄마가 된 나는 스스로를 아끼는 방법으로 사랑을 실천하고 싶다. 엄마이기에 앞서 나 역시 우리 엄마의 귀한 사랑을 받고 자라온 존재이기 때문이다. 내가 먼저 나를 존중하지 않으면 그 누가 존중해 줄 것인가. 부디 엄마라는 이름 속에 희생이라는 단어를 사랑을 표현하는 단 하나의 방식처럼 짐 지우지 않았으면 좋겠다.

우리 집은 그날 그 끼니에 먹을 만큼의 밥을 짓는다. 아침에 한 밥은 아침에 모두 먹고 또 밥이 필요하면 새로 한다. 좀처럼 남기는 일은 없지만 어쩌다가 밥이 조금 남으면 포장을 해서 얼려 두었다가 밥이 조금 더 필요한 날 쓴다. 라면을 먹다가 밥 조금 말았으면 좋겠다 싶을 때, 딱 두 숟가락만 더 먹고 싶을 때 이렇게 얼려 둔 밥은 요긴하게 쓰인다. 따뜻한 밥을 지어서 모두 따뜻한 밥을 먹으면 행복하다. 이것은 그저 밥에 대한 이야기가 아니다. 나를 대하는 모든 행동과 말, 생각에 대한 이야기이다.

남편과 아이들만 좋은 것을 먹이고 엄마가 자꾸 찬밥을 먹으면 아이들은 은연중에 그 모습을 배우고 남편은 무뎌지고 익숙해진다. 아이가 나중에 자라 엄마가 되었을 때 그 모습을 따라 할지도 모른다. 나중에 제 처가 그렇게 했을 때 제 것을 양보해야 한다거나 하다못해 고마운 마음을 가져야 한다는 것조차 모를지도 모른다. 어쩌다가 내 몫으로 남은 찬밥을 차렸는데 누구 하나 말 건네는 이 없이 자기 밥공기 안의 따뜻한 밥만 내려다보며 밥을 먹고 있다면 가족들은 이미 무뎌지고 있는 것이다.

새털 같은 날들, 새털 같은 끼니들의 참을 수 없는 가벼움에 대해 생각한다. 그 안의 소중한 무게에 대해서.

캠 핑 의

맛

캠핑장에 가면 남편의 집에 놀러 간 것 같은 기분이 든다. 아마도 세 끼 모두 남편의 손으로 만든 음식을 먹기 때문에 그런 것 같다. 남편과 같이 산 지 15년이 되었지만 그런 기회는 정말 흔치 않다(일 년에 다섯 번도 하지 않는 설거지를 이곳에서는 남편이 도맡는다). 내가 무엇이라도 도우려고 몸을 일으키면 남편은 얼른 "어어이-" 하고 말리며 손을 내젓는다. 어린아이가 위험하거나 지저분한 것을 만지려

할 때 그 행동을 저지시키느라 나오는 본능적인 감탄사인 "어어이-"와 비슷한 소리다. 그러면 나는 못 이기는 척 손님처럼 다시 자리에 앉는다. 나를 쉬게 해 주려는 마음과 함께 이곳에서만큼은 모든 것을 본인의 스타일대로 해 보고 싶어 하는 것이 느껴져서다.

남편의 캠핑 요리는 그저 프라이팬에 삼겹살을 굽고 코펠에 라면을 끓이는 정도에서 출발했다. 그러다가 냉동칸에서 배드민턴 라켓만 한 갈빗대를 발견하고 내가 기절할 뻔했던 것을 기점으로 기름이 너무 많이 튀어 집에서는 차마 엄두가 안 나는 커다란 고기 요리라든가 숯을 활활 태워 무엇이든 굽는 숯불구이, 부탄가스를 끼운 토치로 연기 향을 내며 겉을 태우는 불 쇼를 곁들인 요리 등 슬금슬금 스케일을 키워 갔다. 커다란 번철을 기름에 달궈 칙칙 연기를 내뿜으며 무엇이든 구워 내는 남편의 캠핑 요리는 보는 재미가 있다. 집에서는 가지런히 담아 놓은 반찬을 헤집지 않고 앞 접시에 덜어 가며 조용히 식사하는 것만 보다가, 커다란 갈빗대를 손에 쥐고 태초의 원시인처럼 입을 왕 벌려 고기를 잘도 뜯어 먹는 아이들을 구경하는 것은 색다른 즐거움이다. 무엇인지 모를 해방감 같은 것이 들어 깔깔 웃고 말았다. 달군 팬에 올린

대하가 펄떡거리다 못해 그만 내 쪽으로 탈출해 버린 날
에는 비명을 빙자해 왁자하게 웃었다. 평소에는 말소리
도 크게 내지 않는 사람이 그렇게 비명을 지르고 나니 통
쾌한 기분마저 들었다. 그렇게 웃다가 슬금슬금 캠핑의
매력에 스며들어 버렸고 날씨가 허락하는 한 거의 매주
캠핑에 나섰다. 이제는 남편도 여러 장비가 손에 익고 길
도 들어 더 야무지게 캠핑 세 끼를 챙겨 준다.

무쇠의 맛

'그리들'이라고 부르는 캠핑용 번철은 아궁이에 올려 쓰
는 가마솥의 뚜껑을 닮았다. 예로부터 기름 두르고 무언
가를 지질 때는 솥뚜껑을 가져다가 턱 하니 엎어 놓고 썼
다. 그 맛이 하도 좋아서 솥뚜껑 모양을 본떠 만든 팬에
고기를 구워 주는 삼겹살집도 생겼다. 두꺼운 무쇠는 열
전도율이 좋아서 재료를 고르고 빠르게 익혀 낼 수 있다.
또 길만 잘 들이면 적은 기름만으로도 조리가 가능하다.
캠핑용 그리들은 살짝 깊이가 있어서 구이와 볶음은 물
론이고 자작하게 끓여 내는 국물 요리도 가능해서 캠핑

에서는 텐트 다음으로 꼭 필요한 장비다.

토마호크와 우대 갈비처럼 뼈에 붙은 커다란 고기구이는 흥미진진하다. 그저 올리브오일을 두른 그리들에 소금 후추 간을 한 고기들을 굽기만 하면 된다(남편의 요리는 거의 이렇게 아주 단순하다). 다만 워낙 커서 기름도 많이 튀고 속까지 잘 익히는 것이 꽤 어렵다. 기왕에 뼈에 붙은 고기를 사 놓고 다시 잘라 가며 구워야 한다는 것이 번거롭기도 하고 뼈 중량이 포함된 가격으로 팔다 보니 가격도 만만치 않아 어쩐지 아까운 생각도 든다. 그래도 꼭 한 번쯤은 이 흥미진진한 고기구이를 해 보시라 권하고 싶다. 만화에 나오는 것처럼 배드민턴 라켓만 한 고기를 들고 뜯어 보는 재미는 해 보지 않고는 모르는 것이니까.

남편이 해 준 음식 중에 내가 가장 좋아하는 것은 구운 양배추다. 먹기 좋게 자른 양배추를 기름을 조금만 넣고 달군 그리들에 볶듯이 굽는다. 소금 후추 간만으로도 고소하고 담백한 구운 양배추가 완성된다. 아작아작한 식감이 좋아서 마냥 먹게 된다. 밤이 깊어 먹어도 부담 없는 술안주랄까. 또 시판 토르티야와 토마토소스 한 병, 잘게 자른 슈레드 치즈만 있으면 칼조네를 흉내 낼 수 있다. 약하게 달군 그리들에 토르티야를 펼쳐 놓고 토마토소스를 펴 바른다. 여기에 슈레드 치즈를 듬뿍 올리고 반으로 접어 반달 모양을 만든다. 가장자리를 꼭꼭 눌러 가며 앞뒤로 노릇하게 구우면 한입 베어 물 때마다 치즈가 주룩 흐르는 칼조네(이탈리아 할머니께서 보신다면 노하실 수도 있지만)가 완성된다. 단순하지만 맛이 좋아서 아이들이 참 좋아한다. 정말 자주 해 먹는 것에는 라면보다도 빨리 만드는 파스타도 있다. 면을 미리 집에서 알덴테로 삶고 서로 달라붙지 않게 올리브오일에 살짝 버무려 지퍼백에 넣어 가져오는 것이 팁이다. 이탈리아 엄마들이 실제로 이런 방식으로 면을 잔뜩 만들어서 소분해 두었다가 냉장 보관을 하면서 쓴다고 한다(어느 나라든 엄마들은 결국 아이들을 빨리 먹일 방법을 생각해 내고 만다!). 캠핑장에서는 그저 그리들에 마늘 기름을 내서 여기에 가져온 면을 부어 볶기만 하면 된다. 마늘 기름과 소금 후추 간만으로도 충분하지만 그때그때 있는 재료를 더 넣기도 한다. 쌈을 싸 먹고 남은 시금치나 미나리, 베이컨만 조금 추가해도 아주 훌륭하다.

뜨끈뜨끈한 맛

제일 처음 아이들이 캠핑을 좋아하게 된 것은 바로 핫초코 때문이었다. 핫초코는 언제 어디서 먹어도 좋지만 캠핑장에서 마시는 핫초코는 유난히 맛이 좋다. 캠핑장은 해가 넘어가는 시간을 전후로 기온이 확연히 달라진다. 그래서 해가 지기 시작하면 텐트마다 램프를 밝히고 그 순간을 기점으로 모두 옷을 더 두툼히 챙겨 입는다. 쌀쌀해진 밤은 장작 태우는 곁에 아무리 가까이 앉아 있어도 코만 뜨겁지 어깨와 등은 여전히 시리다. 그럴 때 난로 위의 물을 빌려다가 뜨끈뜨끈한 핫초코를 끓여 마시면 순식간에 언 몸이 짜르르 풀리는 기분이 든다. 아이들이 입술 위에 수염을 만들어 가며 핫초코를 마시는 모습은 정말 귀여움 그 자체다. 그 얼굴을 보고 있자면 겨우 핫초코 한 잔으로 아이들에게 큰 행복을 줄 수 있다는 사실이 신기하고 감사하기만 하다. 캠핑에서 돌아와 가장 좋아하는 것을 그려 보라는 방학 숙제를 하던 큰아이는 김이 모락모락 피어 나는 핫초코를 그려 남편을 감동하게 했다.

큰아이는 남편의 고기 요리를 무척 좋아해서 캠핑에 금방 재미를 붙였다면, 작은아이는 사실 그렇지 못했다. 우선 고기에 취미가 없고, 덥고 추운 것에 예민한 아이라서 하루 안에서도 온도가 이랬다저랬다 하는 야외 생활이 영 불편한 모양이었다. 그즈음 작은아이는 버섯에 푹 빠져 버섯 도감을 끌어안고 살았는데, 다행히도 산속 캠핑장에는 이름 모를 버섯들이 꽤 있었다. 그래서 남편은 매번 버섯 탐사하러 가자는 말로 아이를 구슬려 캠핑에 나섰고 캠핑장 주변을 산책하며 버섯을 관찰하는 시간을 가졌다. 그런데 한번은 길이 많이 막혀 한참 만에 도착한 원정 캠핑장에 버섯이 하나도 없다는 사실을 알게 되었다. 게다가 해가 지고 나니 우리가 겪어 본 중 역대급으로 쌀쌀했다. 모든 것이 서러워 훌쩍훌쩍 우는 둘째를 이렇게도 저렇게도 달래 보았지만 울음은 그쳤어도 마음이 잘 풀어지지 않았다. 저녁이 되자 친절한 캠핑지기가 텐트를 돌아다니며 포일에 싼 고구마를 나누어 주었다. 뾰로통한 아이 표정을 보고 대충 상황을 짐작한 캠핑지기가 그중에서도 특별히 큰 것을 골라 선물해 주었는데 이 고구마가 아이의 마음을 풀어 줄지는 아무도 몰랐다. 장작불에 구워 먹으면 아마 깜짝 놀라게 될 것이라는 말 덕분에 호기심이 생긴 작은아이의 표정이 한결 나아졌다. 고구마를 포일에 감싸 불 속에 던져 놓고 익기를 기다리는 시간은 최근 느껴 본 것 중 가장 설레는 것이었다. 남편은 심혈을 기울여 고구마를 구웠고, 설탕 타는 냄새를 풍기며 포슬포슬 익은 고구마를 한입 먹은 작은아이가 우아! 하고 감탄을 터트렸다. 그제야 남편은 안도했다. 추위를 반찬 삼아 호호 불어 먹던 뜨끈뜨끈한 군고구마의 맛을 잊지 못해 그 후로는 작은아이가 먼저 캠핑 짐 속에 고구마를 챙겨 놓는다. 물론 지금은 야생 버섯이 없어도 고구마만 있다면 그것으로 충분하다고 한다.

처음에 나는 남편이 갑자기 캠핑에 다니겠다 선언한 것을 두고 마치 개구리 같은 일이 일어났다고 생각했었다. 어느 범죄 심리학자에게 이 세상에 가장 예측이 안 되는 것이 무엇이냐 물었더니 모든 예상 답을 뒤엎고 '개구리'라고 대답해 좌중을 웃겼다. 언제 튀어 오를지 알 수 없는 개구리야말로 심리를 읽을 수 없어 예측이 불가능하다는 설명이었다. 내가 아는 한 아웃도어형이 절대 아닌 남편이 캠핑을 시작하겠다고 선언했을 때, 나는 갑자기 펄쩍 하고 튀어 오른 그 개구리를 떠올렸다. 텐트를 처음 치던 날, 남편이 일 년 치 땀을 모두 소진하는 것을 보았을 때도 그랬다. 운동 신경도 없고 특별히 좋아하는 운동도 없는 데다가 사계절 땀이 많아 가까운 거리도 잘 걷지 않는 남편이 오직 캠핑에서만큼은 땀을 흘리는 데 주저함이 없는 것이 신기할 따름이다.

그런 남편을 움직이게 만든 이유가 있다면 그것은 캠핑에서만 즐길 수 있는 그 맛 때문이었을 거라고 생각한다. 번철을 달궈 신나게 기름을 튀기며 요리하는 맛, 언 마음도 풀리게 만드는 뜨끈뜨끈한 맛, 아내와 아이들을 대접하는 맛, 고요한 사람들을 자꾸 크게 웃게 만드는 맛. 덕분에 요즘도 남편 집에 놀러 가는 기분으로 캠핑을 떠나 세 끼를 열심히 얻어먹으며 지낸다. 참 감사한 일이다.

오늘 저녁은

뭐예요?

엄마는 만든 음식에 꼭 긴 이름을 붙였다. 이를테면 '애호
박을 넣고 새우젓으로 간을 해서 맑게 끓인 두부찌개'처
럼 들어가는 거의 모든 재료를 넣어 짓는 식이다. 퇴근길
버스 안에서 "오늘 저녁은 뭐예요?" 하고 메시지를 보내
면 엄마는 늘 이렇게 긴 요리 제목을 적어 답했다. 그러면
결국 상상하게 되고 만다. 숨벙숨벙 썰어 넣은 애호박은
보드랍게 무르고, 네모로 작게 썰린 두부가 맑고 따뜻한

국물 위에 동동 떠 있는 장면을. 후후 입바람을 불어 한술 크게 떠 넣으면 새우젓의 간간하고 골콤한 맛이 절로 밥을 부를 것이다. 그 긴 이름에 달라붙어 있는 온기와 냄새를 훑으며 아무도 모르게 침을 꼴깍 삼켰다.

집으로 돌아가는 길은 언제나 배가 고팠다. 공부나 일로, 때때로 사람에게 지쳐 그날 쓸 수 있는 만큼의 마음을 다 갉아먹은 탓이었다. 조금 아픈 것처럼 뜨거워진 이마를 차가운 차창에 짚고 식히거나 동그란 버스 손잡이에 쪼그라든 마음을 겨우 기댄 채로 돌아오는 날에는 밖에서 이미 식사를 했어도 "오늘 저녁은 뭐예요?" 하고 메시지를 보냈다.

메시지를 받은 엄마는 식은 찌개 냄비를 얼른 불에 올려놓고 버스 정류장에서 집으로 이어지는 길을 창문으로 내려다보며 나를, 동생을, 또 아버지를 기다렸다. 냄비는 마지막 식구가 집으로 돌아올 때까지 다시 여러 번 따끈하게 데워졌다. 누구든 집에 들어서면 찬 바람 묻은 외투를 벗지도 않고 냄비 앞으로 간다. 아직도 김이 모락모락 나는 찌개를 조금 덜어 앉을 것도 없이 훌훌 마시고 있자면 엄마는 밥 한 숟가락을 말아 주시곤 했다. 엄마의 음식들은 마음의 허기를 달래 주는 최고의 위로였다.

내가 고등학교 2학년쯤 되었을 때, 집에 1세대 양문형 냉장고가 들어왔다. 가전 하나가 들어올 뿐인데 온 식구가 대청소를 했다. 냉장고 자리만 치우는 것이 아니라 집 안 전체를 쓸고 닦고 비우는 통에 꼭 이사를 하는 날처럼 아침부터 밤까지 분주했다. 집은 말끔해지고 새 냉장고 안의 내용까지 반듯하게 정리되자 엄마는 마지막으로 레이스가 달린 꽃무늬 커버를 냉장고 손잡이에 씌웠다. 냉장고를 들이기로 결정하면서 미리 주문해 두신 거라고 했다. 그날의 들뜨고 즐거웠던 공기를 아직도 잊을 수 없다. 딱 한 마디로 표현하자면 부자가 된 것 같은 기분이었다. 엄마는 그 냉장고 앞을 오가며 찬을 만들고 찌개를 끓여 식구를 먹였다.

언제나 그 자리에 서 있는 것이라서 그렇게 오래되고 낡은 줄도 몰랐다. 내 냉장고는 결혼을 할 때 신혼 가전으로 구입해서 겨우 십 년여를 쓰자 램프가 나가고 문이 내려앉아 새것으로 바꾸었는데 헤아려 보니 엄마는 그 배의 시간을 쓰고 계셨다. 내 것을 새로 바꾸고 나서야 엄마의 냉장고가 너무 낡았다는 것을 알아채고 말았다. 이제는 더 가릴 수 없는 엄마의 백발과 주름이 문득 눈에 박힌 날처럼 마음이 아파 잠이 잘 안 왔다. 사 드린다 얘기를 하면 당연히 안 받겠다 하실 것을 잘 알기에 그냥 내가 마음대로 골라 새것을 사 드렸다. 내내 마다하시다가 이미 계약했다 하니 시꺼먼 메탈 색은 고철 같아 싫고 원래 쓰던 것처럼 하얀색이었으면 좋겠다고 하셔서 딱 그 말씀만 들었다. 하얀색이 나오는 신모델이 있어 다행이었다. 아버지는 괜히 내게 "냉장고 사지 말라. 아직 쓸 만하다"라는 메시지를 보냈다. 충청도식 어법은 해석이 꽤 어려운 편인데 저 메시지는 "냉장고 바꿔 주어 고맙다"로 읽으면 된다. 새 냉장고가 들어오기 전에 본가에 들러 영영 헤어질 오래된 냉장고와 인사를 했다. 우리들의 많은 날들을 지켜 주어 참 고마웠다고, 딸들이 집을 떠난 자리 엄마 곁에 오래 있어 주어서 고마웠다고 인사를 전했다.

새 냉장고가 들어온 날, 엄마는 그 옛날처럼 밤까지 냉장고를 닦고 또 닦으며 정리를 하셨다고 했다. 나와 동생이 차례로 결혼을 해 먼 도시로 떠나고 몇 해 전에는 36년 동안 함께 살았던 할머니 할아버지를 열흘 간격을 두고 멀리 보내 드렸다. 이제 이 큰 집에 두 분만 남게 되었다. 매일 묻지는 못해도 멀리서 사는 딸은 두 분의 끼니를 걱정하며 산다. 엄마가 마음에 꼭 든다고 잘 쓰겠다고 고맙다는 인사를 할 때는 일부러 짧게 전화를 끊었다. 겨우 냉장고 하나 새로 들이는 것으로 적적한 공간을 채우고 싶었던 내 작은 마음이 부끄러워서이다.

얼마 전 엄마의 휴대전화를 정리해 주다가 아버지와 매일매일 주고받은 메시지를 읽게 되었다. 두 분의 단답 메시지는 다른 내용은 없고 오로지 저녁 메뉴에 대한 이야기가 가득이었다. 아버지는 드시고 싶은 것이 있으면 미리 장을 봐 두고 "닭 사다 놓음", "홍합 한 봉지 씻어 둠" 같은 메시지를 보내셨다. "닭발 맵게", "족발 삶음", "치킨 한 마리 가는 중" 같은 말 뒤에는 항상 단골로 등장하는 두 분만의 암호가 있는데 아버지가 "소주" 하면 엄마는 "ㅇㅇ" 하는 것이다. 동네에서 벗어날 동선도 달리 없고 이제는 서로가 모르는 사람을 만날 일도 없는 아주 오래 함께 산 부부는 어떤 대화를 나눌까 궁금했다. 여전히 두 분이 저녁에 같이 먹을 끼니를 의논하는 것으로 떨어져 있는 낮 시간의 안부를 대신하는 것이 어쩐지 나는 무척 귀엽게 느껴졌다. 사소하고 간지러운 감정의 고백보다 더 로맨틱하게 느껴지는 것은 무엇 때문일까.

요즘도 가끔 엄마에게 전화를 걸어 "오늘 저녁은 뭐예요?" 하고 뜬금없이 묻는다. 그러면 엄마는 기다린 것처럼 재료를 하나하나 썰어 넣듯이 이름을 길게 이어 붙여 읊어 주신다. 들려주시는 음식의 이름들이 절로 모락모락 김을 내기 시작하면 전화기를 귀가 아니라 코에 대고 싶어진다. 침을 꿀떡 삼키고는 "맛있었겠다!" 하면 엄마는 그 말만으로도 기뻐하며 "맛있었지!" 하신다. 무엇이든 잘 들어 두었다가 흉내 내기 좋아하는 우리 집 둘째가 어느 날부터 저녁마다 "엄마, 오늘 저녁은 뭐예요?" 하고 내게 묻기 시작했다. 나도 우리 엄마를 흉내 내 기차처럼 긴 이름을 지어 들려준다. 작은 집은 속닥거리지만 않는다면 어느 곳에서든 말소리가 안 가는 곳이 없는데 둘째 녀석은 제 형과 남편에게 달려가 내가 말한 긴 저녁 이름을 다시 한 번 속보처럼 읊는다. "오늘 저녁은 들기름을 듬뿍 넣고 지은 곤드레밥에 깍독깍독 썰린 감자가 들어 있는 강된장을 쓱쓱 비벼서 바삭바삭하게 두 번 구운 돌 김에 싸 먹는 거래요."

찬 밥

엄마가 동생을 낳던 날, 고모는 내게 이렇게 말했다. "너는 이제 찬밥 신세야."

여섯 살밖에 되지 않았던 나는 그게 정확히 무엇을 의미하는지 잘 몰랐지만 고모의 얼굴에서 직감적으로 나를 놀리려는 말이라는 것이 느껴졌다. 고모는 그게 누구든 다정한 말을 한다거나 살갑게 대하는 법을 모르는 사람이었다. 그보다도 그때까지는 나에게 아예 무관심하다는 것이 더 맞는 설명이겠다. 엄마가 아기를 낳으러 간 동안 고모는 처음으로 주방에 내려와 밥을 지었다. 나는 그때까지 고모는 주방 일을 할 줄 모르는 사람이라고 생각했는데 의외로 척척 밥과 국이 지어지고 오이무침 같은 반찬도 만들어지는 것이 신기할 뿐이었다. 고모 밥을 먹는 동안 고모는 처음으로 내 눈을 맞추고는 "찬밥 신세"라고 했다.

동생은 할머니가 용하다는 점집에서 받아 온 날과 시를 맞춰 세상에 나왔다. 배 속의 아기가 아들이라고 철석같이 믿었던 할머니는 아무 날에나 귀한 아들을 받을 수 없다며 기왕에 나를 수술해 낳았으니 둘째는 원하는 날과 시에 꺼내고 싶어 했다. 가끔 생각한다. 할머니의 믿음처럼 동생이 아들이었다면, 고모의 예언처럼 나는 정말 찬밥 같은 신세가 되었을까. 그렇다면 동생이 아들이 아닌 것을 가장 감사해야 할 사람은 바로 나인지도 모르겠다.

태어난 아이가 아들이 아닌 것을 알게 된 할머니는 적어도 며칠은 입원해야 하는 엄마를 재촉해 하루 만에 집으로 돌아오게 만들었다. 몸이 불편해서 더디 걸어야 했던 엄마보다 더 먼저 현관에 들어온 것은 보자기에 싸인 아주 작은 아가였다. 엄마는 몸이 아프고 고단해 반가워하는 나를 안아 줄 기운도 없어 보였고, 작디작은 머리 위 숨구멍으로 숨이 오가는 것이 다 들여다보이는 아기는 어린 내 눈에도 함부로 만지면 안 될 것처럼 연약하고 소중해 보였다.

첫째 아이가 갓 태어난 동생을 처음 만나는 충격은 흡사 남편이 바람피운 새 부인을 집 안에 들이는 것과 같다는 말이 있는데 나도 물론 예외는 아니었다고 기억된다. 몸을 채 추스를 여유도 없이 엄마는 다시 집안일을 하고 그 나머지 시간에는 젖먹이인 동생을 돌봐야 했다. 더 이상 이곳에 나의 자리는 없구나 싶은 날들이었다. 그러던 어느 날 작심한 듯 "엄마, 찬밥이 뭐야?" 하고 물었다. 엄마는 얘가 뚱딴지같은 소리를 한다는 듯이 "찬밥이 찬밥이지. 밥 남은 것이 차갑게 식으면 그게 찬밥이잖아" 했다. "그럼 찬밥 신세는 뭐야?" 했고 엄마는 어린애가 별스러운 말을 한다는 듯 그런 말을 어디서 들었느냐 물으며 웃었다. 나는 울고 싶은데 엄마는 웃기만 하고 나쁜 말을 한 고모를 혼내 주지도 않았다. 엄마가 나를 반가이 안아 주지 않은 것도 아직 마음이 풀리지 않았는데 내 마음도 몰라주는 것이 갑자기 복받쳐 울음이 터졌다. 엄마는 나를 달래며 그것은 작은 아이가 신경 쓰지 않아도 되는 그저 어른들의 농담일 뿐이라고 했다. 나는 그 어른들의 농담이라는 것은 세상 고약한 것이구나 하고 생각했다. 겨우 여섯 살 아이가 가진 마음의 품은 얼마큼이었을까. 내내 자신에게 돌아올 차례를 기다릴 수밖에 없는 여섯 살은 식탁 밑을 비밀 아지트로 삼고 기어들어 가 울기도 참 많이 울었다. 울면서 생각했다. "나는 결국 찬밥이구나."

커다란 압력솥에 열 식구 밥을 짓다 보면 밑이 눌어 누룽지가 생긴다. 긁어서 간식으로 먹기도 하고 모아 두었다가 주말 점심에 한 번씩 끓여 간단하게 한 끼를 때우기도 했다. 생각해 보면 끓인 누룽지는 식당에서도 사 먹는 별식인데 그때는 그렇게 먹기 싫은 음식이 없고 보기만 해도 입맛이 뚝 떨어졌다. 할머니가 붙인 이름 때문이었는지도 모르겠다. 할머니는 주말 점심이 되면 "찬밥 삶아라" 하셨다. 커다란 냄비에 모아 둔 누룽지와 남은 찬밥을 넣고 폭폭 삶아 커다란 국그릇마다 국자로 듬뿍 퍼 담았다. 그럴 때는 가장 적게 푼 그릇을 찾으려고 눈치를 보며 "아, 찬밥은 도로 뜨겁게 삶아져도 이토록 맛이 없는 것이구나" 하고 절망했다.

그 어린 날 느끼던 서러움은 나에게 쏟아 주는 어른들

의 실제 애정의 크기와는 상관없는 것이었는지도, 그 작
은 가슴 안에 동생을 받아들일 공간을 만드느라 끙끙 앓
는 과정이었을지도 모르겠다. 그렇대도 고모의 그 고약
한 농담은 나에게 서러움이라는 단어로 가슴에 콕 박혀
있다. 나는 아직도 찬밥을 좋아하지 않는다.

식구가 많은 집에서 자라서 그런지 나는 가끔 친정 엄
마가 내가 많이 아프거나 홀로 식사가 늦을 때 작은 투가
리에 지어 주시던 밥이 좋았다(뚝배기가 아니라 투가리라고
해야 엄마가 해 주시던 그 밥맛이 난다). 다 같이 먹을 큰 압력
솥에 지은 것 말고 오로지 나 먹일 딱 한 그릇 밥이 담긴
것 말이다.

엄마는 주방 불을 켜고 서서 작은 투가리에 밥물을 뽀
얗게 끓이며 달이다가 아주아주 작은 불에 뜸을 들여 지
은 밥을 설설설 휘저어 공기 가득 퍼 주셨다. 한 숟가락
떠 입에 넣으면 천장을 향해 호-오 뜨거운 김을 내뿜게
되는 맛. 그 달디단 밥은 잘 구운 김 몇 장만 있어도 금방
비워졌다. 문득 그 생각이 나서 투가리는 아니지만 작은
냄비에 아이들만 먹일 딱 두 공깃밥을 지었다. 밥물 끓는
냄새를 맡고 있으니 작은 주방 불 앞에 섰는 젊은 엄마의

등이 떠올랐다. 정작은 밥보다 엄마의 등을 바라보고 있는 시간이 더 좋았던 어린 나도.

밤을 치던

　　　　　　밤

나의 본가는 꼭 명절에 지내는 차례가 아니더라도 기제
사가 많은 집이었다. 할아버지께서 물려받은 맏아들의
책임이자 도리라고 했다. 일 년에도 몇 번씩 기제사상을
올리다 보니 한글도 다 못 깨친 어린 나는 뜻도 잘 모르는
증조, 고조 같은 한자를 먼저 배워 익히게 되었다. 지방문
紙榜文에 적힌 알지 못하는 얼굴들을 떠올리며 그들은 대체
얼마나 멀리 떨어져 있는 시간의 사람들이었을까 하고

생각해 본 적이 있다. 태어나 겨우 일곱 해를 살았던 나는 열 손가락을 펼쳐 열 손가락만큼만 다시 여러 번 꼽아 볼 뿐이었다. 아주 먼 옛날에 살았을 것만 같던 나의 증조와 고조는 실은 아버지의 할아버지이거나 할아버지의 아버지였다. 결혼을 하고 내가 아이들을 낳았을 때 순식간에 나의 아버지가 내 아이들의 할아버지가 되고 나의 할아버지는 아이들의 증조가 되었다. 그제야 나는 비로소 내가 가늠해 보던 옛날이라는 시간의 길이가 한참 잘못되었다는 것을 깨달았다. 그들은 나를 키워 낸 줄기에 잇닿아 있는 가깝고도 가까운 나의 가족이었다.

할아버지의 양복바지를 손으로 잡고 흔들며 "증조할아버지는 어떻게 생겼어?" 하고 물었을 때 할아버지는 나를 내려다보며 "글쎄, 기억이 잘 안 나" 하셨다. 기억도 나지 않는 얼굴에 대고 인사를 하는 것인데도 할아버지는 곧게 긴장하고 퍽 슬퍼 보였다. 할아버지만큼 이상한 것은 할머니였는데, 아무에게나 아무렇게나 하고 싶은 말을 하고 사는 사람이던 할머니는 그날만큼은 큰 소리도 내지 않고 낯을 가리는 색시처럼 상 멀리에 서 계실 따름이었다.

제사상에 올리는 음식은 특별한 정갈함을 가지고 있었다. 전 한 가지를 올리더라도 이미 반듯한 모양으로 만든 것을 다시 한 번 그릇에 가장 알맞게 담기도록 귀퉁이를 다듬었다. 과일은 쌍둥이처럼 닮은 것을 고른 중에서도 밑동과 윗동의 일부를 저며 높이를 꼭 맞게 맞췄다. 금방 내 입에 넣을 것을 생각해 떡 벌어지게 부려 놓은 상의 차림이 아니라 그림처럼 그저 바라보기만 해도 배가 부를 정갈함을 담은 차림이었다. 그래서 상 위의 모든 것은 오차 없이 그린 그림처럼 아름다웠다.

기제삿날이 다가오면 할아버지께서 누구에게도 맡기지 않고 손수 하시는 일이 있었다. 다른 음식 재료는 할머니와 엄마가 준비하시지만 오직 밤만큼은 할아버지 본인이 고르셔야 했다. 엄마가 장을 보면서 좋은 밤을 발견해 사와 보여 드려도 할아버지의 마음에는 차지 않는 듯 "그건 너희들 간식으로 먹거라" 하시고는 꼭 홀로 시장에 나가 당신 손으로 밤을 사 오셨다. 엄마가 구해 온 것도 실은 충분히 좋아서 할아버지께서 너무 번거로운 수고를 하신다고 생각한 날도 있다. 그러나 할아버지께서 구해 온 것은 어쩌면 그렇게도 알 굵고 동글동글 예쁘게 생겼는지 그 누구도 덧붙일 말이 없게 만들었다. 그것이 나는 매번 신기했다. 어디 간다 말도 없이 홀연 나섰다가 밤 봉지를 들고 돌아오실 때에는 잔 체크무늬가 그려진 할아버지의 외투에서 잘 모르는 냄새가 맡아지곤 했다. 어린 나는 할아버지의 체크무늬 외투에 코를 박고 전래 동화 속 연이를 떠올렸다. 병든 노모를 위해 엄동설한에 구할 길 없는 복숭아를 찾아 눈길을 헤매던 연이 말이다. 착한 연이의 마음씨를 알아본 버들 도령이 그녀를 도왔던 것처럼 우리 착하디착한 할아버지에게만 열리는 밤나무 숲이 있어 그곳에 몰래 다녀오시는 걸 거라고 믿었다. 오직 일 년에 한 번 할아버지의 아버지와 할아버지의 할아버지를 만나는 날에만 열리는 커다란 동굴 문과 문 너머 철도 없이 핀 꽃밭과 알 굵은 열매를 매단 밤나무를 기쁘게 상상했다. 정말로 밤나무 숲에 몰래 다녀오시는 것인지 한 번도 말로 꺼내 물은 적은 없지만 이미 알고 있다는 듯 내가 할아버지를 바라보고 웃으면 할아버지는 '네가 이미 알고 있구나' 하듯이 마주 웃어 주셨으니 답을 들은 것이나 다르지 않다고 생각했다.

기제사는 자정에 가까워 지내기 때문에 늦저녁부터 천천히 제수 음식을 준비했다. 음식 준비를 하는 곁에서 할아버지는 작은 상을 놓고 앉아 밤을 깠다. 단단하고 미끄러워 까기 어려운 것이 바로 밤껍질이다. 만질만질하고 딱딱한 겉껍질에서 겨우 벗어나면 비 오는 날 온 동네를 쏘다니다가 집에 돌아온 삽살개의 털 같은 속껍질을 만나고 만다. 최초에 나무에 매달려 있는 밤송이의 가시까지 생각해 보면 알맹이의 진짜 속을 만나기까지 참으로 번거로운 열매가 아닐 수 없다.

할아버지는 겉에 과도로 살짝 칼집을 내어 껍질을 까고 차가운 물에 담가 속껍질을 불렸다. 이렇게 불리면 속껍질 벗기기가 조금 수월했다. 애써 벗겨 놓은 밤이 상하지 않도록 살살 속껍질을 벗겨 내고 다시 물에 담가 색이 변하거나 몸이 마르지 않도록 했다. 여기까지는 누구든 거들어도 되지만 그다음은 오로지 할아버지만의 몫이었다. 껍질을 잘 벗긴 날밤의 모양을 일정하게 다듬는 것을 '밤을 친다'고 하는데, 밤을 치는 일만큼은 숙련된 솜씨와 일종의 미적 감각이 필요했다. 도구와 힘만 있다면 껍질은 누구나 벗길 수 있지만 제사상에 올릴 특별한 정갈함을 갖추려면 밤이 태초에 타고 난 모양으로는 안 되었다. 세밀한 작업을 하기에는 과도도 둔했다. 조금 더 예리한 것을 찾다가 할아버지는 도루코 상자에서 깨끗한 새 면

도칼을 꺼내 잘 닦아 쓰시곤 했다. 겉과 속의 껍질을 모두 벗은 새하얀 밤을 왼손에 꼭 쥐고 오른손의 칼날을 바깥 쪽으로 하여 힘을 주어 주저함 없이 살을 썩썩 쳐 냈다. 그렇게 다 다듬은 밤은 윗면과 아랫면이 납작한 다이아몬드 모양이 되었다. 할아버지가 쳐 낸 그 고운 밤의 모양을 표현할 단어가 기껏 다이아몬드뿐인 것이 안타까울 뿐이다. 할아버지의 밤은 각이 있되 모질지 않은 특별한 아름다움을 가지고 있었다. 그래서 제사상 위에 놓인 그 어떤 것보다도 돋보였다.

다만 밤을 치는 일은 예리하고 얇은 칼날에 힘을 주어야 하는 것이기 때문에 꽤 위험했다. 밤을 칠 차례가 되면 나를 비롯한 집안의 어린이들을 모두 멀리 물리셨는데 멀찌감치에서 구경을 하다가도 어여쁘게 쳐 나가는 밤을 구경하고 싶어 자꾸만 자꾸만 할아버지 곁으로 모여들었다. 그날은 무슨 용기인지 나도 할아버지처럼 밤을 쳐 보고 싶다는 생각이 들었다. 할아버지께서 잠깐 한눈을 파는 사이 얼른 밤 하나를 골라 쥐고 칼날로 살을 쳐 냈는데 그게 밤의 살이 아니라 내 왼손 검지의 살점이었다는 것이 문제였다. 내 인생 그렇게 놀란 적은 처음이었다. 진짜 공포스러운 것은 검지에서 철철 흘러내리고 있는 피보다도 너나없이 비명을 지르며 정신없이 나에게 달려오던 식구들의 표정이었다. 아, 내가 아주 큰일을 저질렀구나, 내게 아주 큰일이 일어나 버렸구나, 하는 것을 깨치자마자 나는 기절하고 말았다. 다시 정신이 들었을 때 찌르르한 낯선 고통 때문에 조금 울긴 했지만 곧 작은 방망이 같은 검지의 붕대가 어쩐지 웃겨서 히히 웃었다. 식구가 많은 집에서 살다 보니 늘 관심이 고픈 이 철없는 아이는 많이 다친 것을 염려하는 어른들의 특별한 보살핌이 좋아 더 어리광을 부렸다. 살면서 엄마는 그날 밤 바로 응급실로 가지 않은 것을 오래 후회하셨다고 했다. 아닌 게 아니라 다음 날 병원에 갔더니 이 정도면 두 바늘은 더 꿰맸어야 한다며 아프지 않았느냐 도리어 의사 선생님께서 놀라 물으셨다. 게다가 급하게 솜과 거즈를 겹겹이 덧대어 지혈을 하는 바람에 벌어진 살점 사이에 거즈가 낀 채로 피와 함께 말라 굳어 버려서 오히려 붙은 살점을 다시 떼어 내는 수술을 받아야 했다. 그건 맨정신에 겪을 수 없는 정말 엄청난 고통이었다.

수술을 받고 온 나에게 할아버지는 그림을 판 날에만 (할아버지는 화가셨는데 그림을 팔면 내게 슈퍼마켓에서 비싼 아이스크림을 사 주셨다) 먹을 수 있던 월드콘을 사 주시며 많이 미안해하셨다. 할아버지의 잘못이 아닌데 미안해하시는 할아버지에게 내가 더 미안해서 차마 먹지 못하고 녹아 똑똑 떨어지는 아이스크림과 함께 나도 같이 눈물을 뚝뚝 흘렸다. 그 후로는 밤 치는 일을 구경하기란 더 귀해졌는데 멀찌감치 구경하는 내가 안쓰러웠던 할아버지는 모양이 덜 나온 밤을 모아 두었다가 내 손에 쥐여 주시곤 했다.

아직도 왼손 검지에는 상현달 모양의 흉터가 남아 있다. 그것을 보면 아팠던 기억은 이제 없고 할아버지의 모습과 반들반들 어여쁜 밤이 떠오른다. 그래서 할아버지가 보고 싶을 때는 내 검지를 가만 들여다보곤 한다.

할아버지의

음식들

눈을 감고 할아버지를 떠올리면 달큰한 커피 냄새가 난다. 유리병에 담긴 맥심 커피 두 스푼에 분유 맛이 나는 프리마 두 스푼, 여기에 설탕 두 스푼을 넣은 것이 할아버지의 황금 비율 커피였다. 커피 잔에 둘둘둘 가루를 넣고 뜨거운 물을 부어 티스푼으로 달강달강 휘저으면 집 안 가득 달고 구수한 냄새가 퍼졌다. 할아버지는 식사 후에는 꼭 이 커피를 마셔야만 소화가 된다고 하셨다. 하루 세

끼, 커피도 세 번을 반드시 드시기 때문에 식탁 한쪽 위에는 늘 할아버지의 커피 잔과 티스푼이 놓여 있었다. 종종 집에 손님이 오시면 할아버지께서 손수 커피를 만들어 대접하셨다. 그럴 때는 손님 커피 위에 잣을 몇 알 띄웠다. 커피에 도대체 웬 잣인가 싶지만 거기에는 커피 한 잔을 만들더라도 좋은 것을 대접하고 싶어 하셨던 할아버지의 마음이 담겨 있었다. 의외로 잣의 고소한 맛이 커피와도 잘 어울린다면서 손님들은 할아버지께서 정성스럽게 만든 커피를 맛있게 비웠다.

이제는 번거롭게 둘둘둘 세지 않고 노랑 커피 믹스 한 봉지를 톡 털어 넣으면 커피가 만들어진다. 그런데 이 커피 믹스는 신기하게도 달고 구수한 할아버지의 커피와 똑같은 맛이 난다. 할아버지는 어떻게 일찍이 커피의 황금 비율을 알고 계셨던 걸까, 종종 커피 믹스를 마시며 생각한다. 우리 가족은 할아버지를 뵈러 납골당에 갈 때 꼭 할아버지께서 쓰시던 커피 잔과 티스푼을 챙기고 보온병에 따뜻한 물을 담아 간다. 할아버지 사진 앞에 좋아하시던 커피를 한 잔 만들어 드리는 것이 우리만의 인사법이 되었다.

커피 말고 할아버지께서 가장 좋아하신 음식이 무엇이었냐 묻는다면 단연코 '라면'이라고 할 수 있다. 건강하실 때도 워낙 좋아하셨지만 기력이 많이 약해지면서 식사를 잘 못하실 때에도 차라리 훌훌 넘기는 편이 좋다면서 밥이나 죽보다는 라면 반쪽을 드시곤 했다. 라면이라면 그중에서도 너구리를 특히 좋아하셨다. "너구리 반쪽만 끓여다오" 하고 주문을 하시고는 "면이 굵으니 조금 낫게"라는 말을 항상 덧붙이셨다. '낫게 끓이라'는 말은 시간을 조금 더 들여 익히라는 뜻인데 나는 그런 할아버지만의 입말을 좋아했다. 살며 나는 할아버지께 너구리를 몇 번 정도 끓여 드렸을까. 백 번이라고 한다면 구십 번은 그 말을 들었을 것이다. 그런데도 그 말을 안 해 주시는 날은 어쩐지 이상해서 나 혼자 속으로 '조금 낫게' 하고 중얼거리며 라면을 삶았다. 너구리에는 건다시마가 한 조각 들어 있다. 할아버지는 평소에도 좋은 다시마를 구해다가 작게 잘라 담아 두고 간식처럼 드셨다. 아마도 그래서 너구리를 특별히 좋아하셨는지도 모르겠다. 다시마는 몸을 튼튼하게 한다는 말도 늘 잊지 않으셨는데(실제로도 다시마는 참 좋은 재료이지만) 어렸을 때 들은 말은 마음에 각인되는 모양인지 지금도 요리를 할 때 다시마를 많이 쓰게 된다.

할아버지는 학창 시절 모두를 일본에서 보내셨다. 라면을 드실 때마다 일본 라멘은 아주 달고 기름지다거나 닭 육수로 면을 삶으면 풍미가 무척 좋아진다는 이야기를 들려주셨다. 닭을 삶을 일이 있으면 그 국물을 조금 덜어 두었다가 일본 라멘을 흉내내 라면을 끓여 주셨는데, 같은 수프를 넣고 끓여도 국물이 아주 달고 입술이 쩍 하고 달라붙는 기름기가 생겼다. 그게 아주 별미였다. 나중에 어른이 되어 기대하던 진짜 일본 라멘을 먹게 되었을 때 닭국물에 끓인 너구리와는 그 맛이 너무 달라 허탈했었다. 할아버지가 겨우 닭국물에 끓인 인스턴트 라면으로 일본에서 보냈던 어떤 시절의 그리움을 달래려 했다고 생각하면 가슴이 아프다. 닿을 수 없는 시간에 대한 그리움이 담긴 것. 닭국물 라면은 이제 내게 그런 음식이기 때문이다.

겨울밤이 되면 할아버지는 가래떡을 구우셨다. 나는 아주 어릴 때부터 할아버지, 할머니와 한방에서 잤는데 가래떡 구이는 다른 식구는 모르게 우리끼리만 해 먹던 은밀히 간식이었다. 아주 어릴 때 우리 집은 연탄보일러를 썼는데 단단해진 가래떡을 석쇠에 끼워 그 연탄불에 돌려 가며 구우면 겉은 바삭하고 속은 보드랍게 익는다. 그렇게 구운 떡은 조청이나 꿀과 함께 먹어도 좋지만 짜디짠 집간장에 들기름을 조금 섞어 찍어 먹어야 그 진가가 발휘된다. 이 조합을 모르는 사람들이 많은데 하기야 연탄불에 구운 가래떡을 먹어 본 사람은 또 몇이나 될까 싶다.

볼이 꽝꽝 얼게 추운 날 학교에 갔다 돌아오면 할아버지는 우유를 먹기 좋게 데워 소금을 한 꼬집 넣어 주셨다. 데운 우유는 자연스러운 단맛이 난다. 여기에 소금이 조금 들어가면 그 단맛이 더 커져 꿀떡꿀떡 잘도 넘어간다. 그 우유를 한 잔 마시면 배 속이 따뜻해지면서 언 몸이 다 녹아내렸다. 고구마나 감자를 삶으면 껍질을 벗겨 작은 그릇에 옮겨 담고 포크로 으깨 아가 이유식처럼 만들어 주시곤 했다. 이제는 뜨거워하지 않고 통째로도 잘 집어 먹을 수 있다고 얘기해도 내가 많이 클 때까지 오래도록 그렇게 해 주셨다.

할아버지는 자신이 생각하는 가장 좋은 방법으로 어린 나를 먹이셨고, 할아버지보다 내가 더 주방에 익숙해졌을 때는 다시 일을 시작하신 엄마를 대신해 내가 매일 할아버지의 끼니를 챙겼다. 라면을 삶고 수제비를 빚고 달걀볶음밥을 만들고 온갖 재료를 내 맘대로 튀기거나 말도 안 되는 방법으로 엉터리 빵을 구워 할아버지와 나누어 먹기도 했다. 그런대로 맛이 나는 때도 있었지만 너무 실험적인 요리를 해서 먹기 고역인 날도 있었는데 엄마가 할아버지께 식사 잘하셨는지를 물으면 수경이가 낮에 맛있는 것을 많이 만들어 준다고 하며 웃으셨다.

할아버지는 내가 태어나 결혼을 해서 본가를 떠날 때까지 나와 가장 많은 시간을 보낸 사람이자 가장 많은 끼니를 함께 한 사람이었다. 나는 아주 자주, 실은 거의 매일 할아버지 생각을 한다. 할아버지와 둘이 작은 주방에서 해 먹던 끼니들을 떠올리며 돌아가신 지 몇 년이 흘렀지만 조금도 줄어들지 않은 그리움을 달랜다.

우리 집

개를 먹일

카스텔라

나는 빨간 지붕 이층집에서 태어났다. 할아버지께서 직접 도면을 그려 올린 집이라고 했다. 1층에는 할아버지, 할머니, 엄마, 아빠, 나 이렇게 다섯 식구가, 2층에는 고모와 사촌 언니 둘과 사촌 오빠가 살았다. 그러니까 이 이층집에는 총 아홉 명의 대식구가, 내가 여섯 살이 되던 해동생이 태어나고 나서는 열 명의 식구가 함께 살게 되었다. 2층에는 따로 주방이 없고 1층에서 모든 식구가 함께 한솥밥을 먹었다. 그래서 엄마는 늘 식구 열 명의 끼니를 지으셨다.

아, 그리고 그 열 명 말고 식구가 한 마리 더 있었다. 그건 바로 우리 집 개. 이름도 없던 개 한 마리도 우리 엄마 밥을 같이 먹고 살았다. 식구 누구든 개에게 이름을 붙여 줄 만도 했을 텐데 개는 끝까지 이름 없이 "개"로 불렸다. 그래도 다른 개와 구별하기 위한 목적으로 "우리 집 개"라고 부르기는 했다. 드라마 〈미생〉의 유명 대사에서처럼 '우리'라는 단어에 다정한 의미를 부여할 수 있다면 좋았겠지만 끌어안는 느낌의 '우리'라기보다는 그냥 남의 집 개와 구별하기 위한 수식이었을 뿐이었다. 왜 그렇게 개에게 정을 주지 못했나 하면 그건 할머니 때문이었다. 할머니는 무섭기로 동네에도 소문이 자자한 사람이었다. 동네 사람 누구라도 언짢은 행동을 하면 길에 세워 두고 호랑이처럼 호통을 치셨다. 지금 와서 생각해 보면 카리스마가 대단한 사람이었다 싶다. 어느 홍콩 무협 영화를 보고 생각했었다. 어쩌면 그 영화 속 캐릭터처럼 할머니는 몸 깊은 곳에 사자후를 지니고 있는 사람일지도 모른다고. 우리 집에서 할머니의 말과 고집은 법과 같아서, 할머니께서 그렇다면 그런 것이어야 했다. 할머니의 말이

옳아서 받아들인다기보다는 두꺼운 집 담을 넘을 만큼 컸던 호통을 모두들 무서워했던 것 같다.

할머니는 개를 아주 싫어하셨다. 사실 털 달린 그 무엇도 좋아하는 일이 없으셨다. 어쩌다가 예쁜 동물 인형을 선물 받으면 할머니는 내가 잠에서 깨기 전 첫새벽에 일어나 몰래 그 인형을 가져다가 멀리 버리고 돌아오셨다. 인형이 없어졌다며 울고불고 난리면 그제야 내가 버렸노라 아무렇지 않게 말씀하셨다. 아주 어릴 때는 할머니의 행동을 이해할 수 없어 많이 울었는데 조금 크고 난 후에는 그게 모두 할머니가 굳건히 믿고 있는 수많은 미신 중의 한 가지 때문이라는 것을 알게 되었고, 그것은 절대 바뀔 수 없었음으로 체념해 버리고 말았다. 다시 말하지만 할머니는 개를 아주 싫어하셨다. 물론 개도 할머니를 싫어했다. 그건 개가 짖는 모양을 보면 알 수 있었다. 식구 중 그 누가 다가가도 별로 짖는 법이 없었다. 오로지 단 한 명, 할머니에게만 세상 처음 낯선 사람을 발견한 것처럼 짖었다. 매일 만나는데 매일 만날 때마다 처음 본 것처럼 짖어 댔다. 자기를 싫어하는 사람을 명확히 알고 있는 것처럼. 개가 짖으면 짖을수록 할머니는 개를 더 싫어했지만 내쫓지는 않았다. 잘 짖는 개가 도둑을 내쫓을 수 있다는 믿음이 털 달린 동물이 집에 들어와 해를 끼친다는 미신의 힘을 이긴 것이다. 물론 집을 잘 지킨다고 해서 개를 좋아하는 것은 절대 아니었다. 이 집에 사는 아이들이 개를 만지거나 개에게 가까이 가는 것을 보면 정을 주지 말라고 혼을 내셨다. 그래서 우리 집 개는 기르기는 하되 정을 줄 수는 없는 식구가 되었다.

개에게 밥을 주는 사람은 엄마와 할아버지였다. 개를 가까이에서 보고 싶을 때는 밥 주는 시간을 기다렸다가 그 뒤를 졸졸 따라가면 되었다. 그러면 엄마나 할아버지는 개가 나에게 더 오지 못하도록 목줄을 말뚝에 걸고 안전한 반경을 만들어 주었다. 손을 타지 않고 자라서인지 노는 법을 몰라서인지 우리 집 개는 이 집에서 키가 가장 작은 나에게만 자꾸 매달렸다. 잘 짖고 달려드는 개에게 가까이 다가가는 것은 그래서 더 쉬운 일이 아니었다.

TV에서 어린이 만화가 나오던 오후 시간에 〈달려라 래시〉라는 미국 드라마 시리즈가 방송된 일이 있었다. 똑똑하고 귀여운 강아지 래시는 어린 주인의 가장 친한 친구였다. 감동적인 에피소드마다 래시의 활약은 늘 대단했다. 위기의 순간에 주인을 구하고 위로가 필요한 순간에는 주인 곁에 머물렀다. 래시에 푹 빠져 있던 나는 몰래 엄마와 할아버지 없이 처음으로 우리 집 개에게 아주 가까이 다가갔다. 그리고 아주 작은 소리로 "래시" 하고 불러 보았다. 이름을 가져 본 적 없는 우리 집 개는 나에게 사납게 왕왕 짖는 것으로 답을 했다. 그 후로도 나는 종종 몰래 개에게 다가가 "래시" 하고 인사했다. 내가 마음대로 지어 준 래시라는 제 이름을 한 번도 알아들은 적 없었지만, 어느 순간부터는 내가 가까이 가도 크게 짖지 않았다. 그러다가 한 번씩 동그란 추로스처럼 말려 올라간 꼬리를 만져 보는 것도 허락해 주었다.

어린 나는 자라고 개는 늙었다. 늙기만 한 것이 아니라 자꾸 아팠다. 왼 뒷다리에 생긴 염증은 치료해도 잘 낫지 않았고 다리가 아프니 누워 있기만 했다. 금세 털은 윤기를 잃고 몸은 마르는데, 잘 먹으려고 하지도 않았다. 엄마는 밥을 끓였다가 식혀 개에게 먹여 보았지만 역시 넘어가지 않는 모양이었다. 억지로 주사기에 약을 타서 먹이면 개는 울고 몸부림치며 사양했다. 그렇게도 왕왕 짖던 개는 이제 캥캥 울었다. 나는 그때 처음으로 개도 눈물을 흘릴 수 있다는 것을 알았다. 구슬처럼 부푼 눈에서 눈물이 흐를 때마다 할아버지는 한숨을 쉬며 낮게 혀를 찼다. 아픈 개가 약을 먹으려 하지 않으니 할아버지는 밥 대신

카스텔라를 사다가 반을 갈라 그 사이에 약을 숨겨 넣어
먹이셨다. 다른 것은 먹으려고도 하지 않는데 보드랍고
달달한 빵은 그래도 조금 넘어가는 모양이었다. 약 먹일
시간이 되면 할아버지는 "가서 카스텔라 하나 사 오너라"
하셨다. 그러면 놀다가도 얼른 일어나 사촌 언니와 함께
가게에 갔다. 우리 동네에는 작은 구멍가게가 꼭 하나뿐
이었는데 드나드는 이도 적고 철제 매대 위에 놓인 봉지
빵을 찾는 이는 정말 드물어서 어쩌다가 사려고 보면 매
번 먼지가 쌓여 있었다. 매일 들어오는 것이 아니다 보니
어느 날에는 카스텔라가 다 떨어지고 없었다. 하는 수 없
이 다른 것을 사가면 기막히게 알아챈 개가 더 이상 먹으
려 하지 않았다. 그런 날에는 정말 애가 탔다. 카스텔라를
사러 나설 때마다 제발 오늘은 우리 개를 먹일 것이 있었
으면 하고 기도했다.

　그즈음 식구들은 모두 각자 자기만의 방식으로 할머니
몰래 아픈 개를 쓰다듬고 있었다. 왼 뒷다리가 눈에 띄게
퉁퉁 부어 버린 날, 실루엣을 겨우 비춰 볼 수 있을 만큼
만 해가 남아 있는 늦저녁에 나는 몰래 나가 개를 한참이
나 만졌다. 추로스처럼 말려 올라간 꼬리를 많이 매만져
주었다. 개는 내 손길이 좋아서인지 기운이 없어서인지

그저 내가 하는 대로 몸을 맡겨 둘 뿐이었다. "아픈 아이 귀찮게 하지 말거라" 하고 할아버지께서 말씀하고 들어가신 뒤로도 나는 오래오래 개를 만졌다. 그때 처음으로 할머니께 들켜 혼이 나도 괜찮다고 생각했던 것 같다. 다음 날 학교에 갔다가 돌아왔을 때 개는 없었다. 밤이 늦어 돌아오신 할아버지께서 개를 받아 왔던 곳에 도로 데려다주고 왔다고 하셨지만, 아무리 어렸던 나도 그 말을 믿지는 않았다. 한 손에는 개가 매고 있던 목줄을 들고 계셨다. 울었던가 하고 지금 다시 생각해 보아도 역시 울었던 기억은 없다. 할머니 말처럼 정을 주지 않고 키웠으니 울일도 없었던 걸까.

얼마 전 마트에서 아주 오래전에 팔던 카스텔라와 똑같은 것을 발견하고 반가웠던 일이 있다. 반을 갈라 약을 넣어 개를 먹이던 바로 그것이었다. 빵 봉투를 열자 달큰한 달걀 냄새가 풍겨 왔는데 영문도 없이 눈물이 쭈걱쭈걱 흘러나왔다.

여섯 개의

도시락

2층 고모는 2교대 근무를 해야 하는 철도국 직원이었다. 하루건너 다음 날 낮이 되어 돌아온 고모는 두꺼운 커튼으로 해를 가리고 잠을 잤다. 그리고 새벽이면 다시 출근을 했다. 그래서 모든 식사와 도시락 준비는 우리 엄마의 몫이었다. 엄마는 매일 아침 여섯 개의 도시락을 쌌다. 2층 식구였던 사촌 언니 둘과 오빠 하나 그리고 내 것. 그런데 왜 네 개가 아니라 여섯 개인가 하면, 큰언니와 오빠는 야간 자율학습 전에 먹을 저녁 도시락까지 두 개를 가져가야 했기 때문이다. 아침마다 식탁 위에는 도시락 여섯 개가 줄을 맞춰 놓였다. 각자의 밥통과 반찬통, 짝이 되는 뚜껑과 물통이 커다란 식탁을 빈틈없이 채웠다.

초등학교 2학년쯤 되었을 때의 일이다. 학교에서 점심 도시락을 열었는데 친구가 "너는 큰 칸에는 김치만 넣고 맛있는 것은 왜 작은 쪽에 조금만 넣어?" 하고 물었다. 내가 가지고 다니던 보온 도시락은 맨 아래에 보름달 같은 물통을 넣고 그 위에 스테인리스로 만든 밥통을 얹고 맨 위에 반찬통을 올려 닫는 구조였다. 그 반찬통은 칸이 두 개인데 그걸 두고 하는 말이었다. 그날은 반찬통의 작은 칸에 명절에 먹는 동그랑땡 모양의 냉동 꼬마 돈가스가 단 두 알 들어 있었다. 그 말을 듣고 책상에 나와 있는 친구들의 반찬통을 찬찬히 살펴보고는 확실히 내 것과는 다르다는 것을 깨달았다. 달걀말이나 돈가스, 소시지 부침, 제육볶음처럼 기름 두르고 더운 김 쏘여 만든 맛있는 찬이 큰 칸에 든든히 담겨 있고, 작은 칸에는 고명처럼 김치나 채소가 조금 채워져 있을 뿐이었다. 그러니 도시락의 작은 쪽에 담긴 두 알의 꼬마 돈가스가 그 친구에게는 너무나 이상해 보였을 것이다.

시장에 다녀온 엄마의 장바구니에 담겨 있던 꼬마 돈가스 봉지를 꺼내 들고 환호했었다. 내가 환호하는 것을 보고 엄마가 웃었다. 아침 일찍 일어나 벌써 돈가스 튀기는 기름 냄새가 새어 나오고 있는 주방으로 달려갔다. 냅킨을 받친 접시에 옮겨 담아 놓은 노릇노릇한 꼬마 돈가스를 보고 나는 다시 환호했지만 엄마는 이번에는 나를 마주 보고 웃어 주지는 못했다. 식탁 위에 펼쳐 둔 도시락마다 돈가스를 나누어 담고 나니 내 몫으로는 단 두 알이 남았다. 냉동 꼬마 돈가스 한 봉지에 돈가스는 몇 개나 들어 있었을까. 한 봉지를 다 튀긴다고 해도 여섯 개의 도시락에 나누어 담으려면 달리 방법이 없었다. 엄마의 손은 늘 공평했다. 여기서의 공평은 꼭 숫자를 정확히 나누는 것을 의미하는 말은 아니다. 우리 집에서 말하는 '공평'의 수혜를 가장 많이 입는 사람은 나였다. 토마토를 잘라 설탕을 뿌려 먹고 나면 마지막에 남은 국물이 제일 달고 맛이 좋다. 사촌 언니 오빠들은 항상 그걸 막내인 내가 조금 더 먹도록 양보해 주었다. 놀이를 할 때 내가 잘 못해도 편을 들어 주었고, 같이 장난을 치다가 어른들께 꾸중을 듣는 일이 생겨도 나는 가장 어리다는 이유로 혼도 덜 났다. 나보다 곱절 키가 큰 언니 오빠의 도시락에도 부족하게 담긴 돈가스를 빼앗아 내 도시락에 옮길 만큼 나는 철이 없지 않았다. 욕심도 부릴 공간이 있을 때나 다리를 뻗어 보는 것이다.

친구가 그렇게 물었을 때 나는 식탁 위에 줄을 서 있던 여섯 개의 도시락을 떠올렸다. 노릇노릇 잘 구워진 접시 위의 꼬마 돈가스들이 하나씩 자기 번호를 외치며 각각의 도시락마다 들어가 앉는다. 그리고 드디어 마지막 내 도시락 칸에 들어가 앉은 두 알의 꼬마 돈가스가 케첩 눈을 달고 내게 윙크했다. 나도 그걸 보며 같이 윙크했다. "응. 우리 집은 식구가 많아서 그래" 했고, 의외로 친구는 놀리려는 생각보다는 정말 궁금한 것을 물었다는 듯이 "아 너희 집은 대가족이구나?" 하는 것이 다였다. 그즈음 〈바른 생활〉 시간에 대가족과 핵가족에 대해 배우고 있었다. 선생님은 요즘은 핵가족화가 무척 빠르게 진행되고 있다며 어쩐지 걱정스러운 얼굴을 하셨는데 내가 얼른 손을 들고는 "저희 집은 식구가 열 명이에요!" 했다. "아하. 너희 집은 대가족이구나?" 하고 칭찬 아닌 칭찬을 해 주신 선생님의 말투를 그 친구가 따라 한 것이었다.

얼마 전에 김효은 작가님의 『우리가 케이크를 먹는 방법』이라는 그림책을 읽었다. 그 맨 첫 장에는 "우리의 나눗셈에 빠져 있던 나의, 우리의 부모님께"라고 적혀 있다. 다섯 아이를 고루 먹이기 위해 늘 고민했을 부모님의 마음을 위로하는 짧은 편지이다. 케이크 하나를 가운데 두고 포크를 들고 있는 다섯 아이의 손 그림을 보니 사촌들과 무엇이든 나누어 먹던 어린 시절이 떠올랐다. 당연한 말이지만 무엇이든 나누어 먹으려면 많이 먹을 수 없다. 그래도 나누어 먹었기에 더 맛있었고 더 재미있었다. 꼬마 돈가스 두 알이 서럽거나 서운하지 않았던 이유는 사촌들과 함께 하는 시간이 그 곱절로 즐거웠기 때문이다. 다만 그것이 음식이 아니라 마음일 때는 엄마 딸이었던 나는 조금 서운하거나 속상할 때도 있었다. 아마 그건 자기 아이만 특별히 챙길 수 없는 엄마도 마찬가지셨을 것이다.

불의의 사고로 고모부가 돌아가셨을 때, 큰언니는 겨우 중학생이었다. 엄마는 가지고 있던 까만 원피스를 찾아 큰언니를 입혔다. 상복을 입은 2층 고모가 집으로 다시 돌아온 날, 고모는 주방 바닥에 앉아 쓰러질 듯 우셨다. 엄마는 그런 고모를 끌어안고 "고모 나랑 살아요. 나랑 살아요" 하며 같이 울었다. 사실 그때는 그게 무슨 말인지도 잘 몰랐다. 그날 밤 엄마는 어린 나를 데려다 앉혀 놓고 아빠가 퇴근해도 달려가서 큰 소리로 좋아하지 말고 현관에서 조용히 인사하라고 당부하셨다. 앞으로는 2층 언니들과 오빠 앞에서 '아빠'라는 말을 크게 내지 말라고도 하셨다. 큰언니가 고등학교 2학년 즈음 2층 식구들이 분가를 해 이사를 나가기 전까지, 사촌 언니 오빠들에게 사소히 도움이 필요한 순간마다 엄마는 고모 대신이었다. 교복을 빨아 입히고 밥을 먹이고 도시락을 싸고 숙제를 돕고 생일을 챙겼다. 언니들과 오빠의 운동회날이나 소풍날에도 엄마는 도시락을 싸 들고 바쁜 고모를 대신해 학교로 찾아가셨다. 옛날 사람들은 고맙다는 말에 참 인색했다. 사촌 오빠의 상견례 자리에서, 외숙모가 아이들을 다 키웠다는 말로 사돈어른께 엄마를 소개한 것이 고모가 말로 전한 고마움의 처음이자 마지막이었다. 그래도 엄마는 그것으로 됐다며 기뻐하셨었다.

매일 새벽에 일어나 새 밥을 짓고 여섯 개의 도시락에 고심해서 나누어 담은 것은 찬이 아니라 엄마가 최선을 다해 공평히 나누었던 깊은 애정이었다는 것을 나는 안다. 시대가 바뀌어 이제는 초등학생부터 모두 급식을 먹는다. 도시락도 소풍이나 체험학습처럼 특별한 행사가 있을 때나 재미로 한번 싸 보는 것이 되었다. 두 아이의 엄마가 된 나는 겨우 일 년에 한두 번 도시락을 쌀 뿐인데 새벽부터 그렇게 분주하고 마음이 쓰일 수가 없다. 그럴 때마다 매일 여섯 개의 도시락을 싸야 했던 지금의 나보다도 더 젊은 엄마를 떠올린다. 그럴 수 있다면 그날로 돌아가 주방에 서 있는 엄마를 한번 안아 드리고 싶다.

나의

롯데리아

내가 용돈으로 산 첫 번째 음식은 롯데리아의 조각 치킨
이다. 문방구에서 사 먹던 불량 식품 말고 제대로 된 음식
이라면 역시 그게 첫 번째가 맞다. 중학생이 되면서부터
고정 용돈을 받기 시작했는데 특별히 돈 쓸 일이 없어서
다음 달 새 용돈을 받을 때까지도 깨트리지 않은 지폐가
지갑에 그대로 들어 있는 날이 많았다. 용돈이 많이 모이
면 걸어 롯데리아에 갔다.

롯데리아는 집에서 다섯 블록쯤 떨어진 곳에 있었다. 언젠가 친구 집에 차를 타고 놀러 갔다가 그 근처에서 롯데리아를 발견하고는 이 정도라면 혼자 걸어갈 수 있겠다고 속으로 몰래 점을 찍어 두었다. 늘 걷던 길 말고 조금 삐딱하게 걸어 보고 싶었다. 그렇다고 해서 아예 반대로 가 볼 용기 같은 것은 내게 애초에 없고, 길을 따라 걷기는 하되 일부러 샛길로 빠져 조금 돌아가 보는 정도였다. 낯선 골목을 걷는 약간의 긴장과 돌아가도 결국은 잘 찾아갈 수 있다는 나 자신에 대한 믿음 같은 것이 필요했던 것 같다. 일부러 안정감을 마구 흐트러뜨려 놓고 다시 내 발로 안정감을 되찾고 싶은 묘한 시기였다. 지금껏 별다르게 사춘기를 겪지 않았다고 생각하면서 살았는데 그 시기의 나는 낯선 골목을 발이 아프게 걸어 다니는 것으로 그 병을 조용하게 앓고 있었는지도 모르겠다.

두 달 치 용돈이 모인 날 교복을 입은 채로 홀로 구불구불한 골목길을 따라 다섯 블록을 걸어 롯데리아에 갔다. 하고 많은 메뉴 중에 나는 왜 조각 치킨을 골랐을까. 그것이 나도 의문이었는데 지금 와서 다시 곰곰 떠올려 보니 내가 먹을 것이 아니라 애초에 치킨을 사는 기분이 느끼고 싶었던 것이다. 롯데리아 치킨은 대칭으로 가른 절반의 닭을 다시 두 조각으로 나누어 옷을 얄팍하게 입혀 튀기는 것이 특징이다. 조각 치킨 중에서도 하프 메뉴를 시키면 롯데리아 로고가 그려진 빨간 종이 상자에 담아 주는데 그것을 들고 집에 돌아올 때는 어쩐지 뿌듯한 마음이 들었다. 마치 월급날 전기구이 통닭을 사 들고 돌아가는 아빠가 된 것처럼.

그 후로도 용돈이 얼추 모이고 낯선 골목이 걷고 싶어지는 날에는 그 롯데리아에 갔다. 햄버거와 콜라, 프렌치프라이 조합의 뻔하디뻔한 세트 메뉴를 시키기는 싫어서 애플파이와 오렌지주스를 사 먹었다. 그즈음의 나는 영화 〈미술관 옆 동물원〉에 빠져 있었는데 애플파이와 오렌지주스는 주인공인 춘희가 시키던 메뉴였다. '뻔하지 않은 메뉴를 시키다니!' 하고 혼자 속으로 감탄한 이후로 늘 그 조합을 시켰다. 게다가 찾는 사람이 별로 없는 애플파이는 주문과 동시에 튀겨지기 때문에 언제나 늘 따끈따끈한 것을 먹을 수 있다. 파삭하게 부서지는 페이스트리 사이로 입천장을 델 만큼 뜨거운 애플 잼이 흘러나오는 순간을 무척 좋아했다. 거기에 차가운 오렌지주스를 한 모금 마시면 기운을 다 소진할 만큼 걸었어도 다시 집으로 돌아갈 힘이 생겼다. 이 조합은 지금까지도 유효한 아주 오랜 취향이 되었다. 2층 창가 자리에 앉아 천천히 주문한 것을 다 비우고 할아버지께 드릴 조각 치킨과 동생이 무척 좋아하는 프렌치프라이 한 봉지를 사서 집으로 돌아가는 것이 그즈음 내가 할 수 있는 최대의 일탈이었다.

첫 책을 내게 되었을 때 작가 프로필에 이런 말을 적었다. '한 도시 한 구에서 나고 자라 초등학교와 중학교를 다니고 옆 동네의 고등학교와 그 고등학교의 담벼락이 붙어 있는 대학에서 국문학을 공부했다. 집에서 십 분 거리에 있는 직장을 다니면서 옆 동네에서 거의 똑같은 수순으로 자라난 남자를 만나게 되었고 오 년의 열애 끝에 결혼했다. 남자의 손을 꼭 잡고 한 번도 벗어난 적 없는 고향을 떠나 새로운 도시 몇 곳을 신나게 옮겨 다니며 작은 살림을 꾸리고 두 아이를 낳았다.' 책날개를 새까맣게 점령한 세 문단의 대서사시 중 첫 번째 문단이다. 나는 도대체 무슨 생각으로 이런 것들을 구구절절 적었을까. 드디어 3쇄 개정판을 내게 되었을 때, 이 대서사시를 모두 지우고 마지막 문단이었던 단 한 문장만을 프로필에 실었다. 기왕에 팔려 버린 2쇄까지의 책을 모두 회수할 수

는 없지만 그것이 가능하다면 프로필이 적힌 날개 부분
이 아래로 가게 만들어 땅에 묻어 버리고 싶다(아. 땅도 거
부할 흑역사여!). 어쩔 수 없을 때는 차라리 자꾸 밖으로 꺼
내 창피함을 상쇄시키는 편이 낫다는 결론이다. 이제 이
렇게 새로 쓰는 책에 인용까지 해 버리고 말았으니 뭐 어
쩌겠는가.

　프로필에 적은 것처럼 나는 한 도시 한 구에서 자랐다.
벗어난 일 없는 동네에서 중학생은 고등학생이 되었고,
고등학생은 곧 대학생이 되었다. 내가 그렇게 자라는 동
안 손님이 많지 않아 늘 한산한 편이던 그 롯데리아가 사
라지지 않고 계속 자리를 지켜 준 것은 다행스럽고 무척
고마운 일이었다. 고등학교 2학년 겨울방학에 지금도 부
모님이 살고 계신 아파트로 이사를 했고 우리가 이사를
한 지 얼마 되지 않아 바로 집 앞에 커다란 롯데리아 매장
이 생겼다. 프렌치프라이 광이었던 동생은 이제 언제든
뜨거운 감자튀김을 사 먹을 수 있다며 열렬히 환호했지
만 나는 너무 가까이에 롯데리아가 생겨 버린 것에 영 시
큰둥했다. 그러거나 말거나 내가 좋아하는 곳은 다섯 블
록 너머의 그 롯데리아뿐이었다.

대학교 2학년 때까지는 풍물에 푹 빠져 살았다. 내가 장구를 쳤다고 하면 정말요? 하고 되묻는 사람이 많다. 쾌활하고 쟁한 소리를 몸의 힘을 써서 만들어 내는 활동이다 보니 무척 정적인 사람과는 어울리지 않는다고 생각하는 것 같다. 그러나 풍물놀이는 밖으로 소리를 크게 꺼내는 만큼 안으로 숨을 품어야 한다. 그래서 귀가 왕왕 울리게 소란스러운 합주를 하는 동안 내 숨소리에 더 집중하게 된다. 내 심장 박동과 장구의 소리가 절묘하게 맞아떨어질 때의 기분은 행복에 가깝다. 다만 풍물은 혼자가 아니라 패여야 한다. 신입생일 때 풍물 동아리에 들어간 후로 패로 묶인 열 명 정도의 사람들과 정말 많은 시간을 함께 보냈다. 거의 매일 합주를 하고 방학이 되면 학교 수련원에서 열흘씩 합숙 훈련을 했다. 내 인생에서 가장 소란스럽고 가장 많이 울고 웃던 날들이었다. 그리고 가장 다양한 인간상을 겪은 시간이기도 하다. 캐릭터가 분명한 여러 사람이 저마다의 악기 소리를 모아 하나의 음악을 만드는 일은 결코 쉬운 일이 아니었다. 당연한 말이지만 관계에 문제가 생기면 좋은 소리를 만들 수 없다. 분명 이상한 건 소리인데 실밥은 꼭 엉뚱한 곳에서 터져 버리는 것이 신기할 뿐이었다.

보이지 않는 다툼이 생길 때마다 우리들의 관계가 꼭 엎치락뒤치락 자기들끼리 자꾸 부딪는 필통 속 같다고 생각했다. 어디서든 선명하게 눈에 띄는 사람이 있고, 그런 사람들은 매직처럼 말과 행동이 크고 힘이 있다. 그 대신에 한번 자국을 내면 좋은 것이든 나쁜 것이든 오래 남는다. 한편 연필처럼 아주 작은 소리를 끊임없이 내는 사람도 있다. 이런 쪽은 볼륨보다는 질감에 차이를 두며 서걱서걱 제 할 말을 한다. 그렇다고 성질머리가 없는 것도 아니어서 때때로 심을 또각 부러트리고 잠적하기도 한다. 매직과 연필이 다투기 시작하면 모나미 볼펜 같은 사람들은 딱딱 발소리만 실컷 내다가 잉크를 질질 끌며 슬그머니 사라진다. 그 필통 속의 지우개 같았던 나는 실컷 적어 놓은 속엣말을 스스로 지우거나 아무것도 지울 수 없을 때는 그저 견디는 사람으로 살았다.

어쩌면 진짜 사춘기는 이즈음, 내가 스물하나였던 날에 찾아왔는지도 모르겠다. 가장 자기다운 사람으로 자기만의 이야기를 쓰기 시작한 친구들 앞에서 나는 나다움이 무엇인지 찾지 못해 길을 헤매는 사람처럼 보였다. 그토록 원했지만 정말 이런 것을 배우는 것이 맞는지 의심스럽던 전공이 그랬고, 슬프거나 비겁했던 연애가 그랬고, 어지러운 필통 속 같던 동아리 생활이 그랬다. 그럴 때는 홀로 장구를 실컷 치다가 일부러 골목골목을 돌아 롯데리아에 갔다. 애플파이와 오렌지주스를 시켜 놓고 2층 창가에 앉아서 해가 지는 것을 바라보았다. 일부러 마음을 실컷 흐트러뜨려 놓고 조각 하나하나를 털어 새로 맞추고 나면 조금 가벼운 마음이 되어 집으로 돌아갈 수 있었다.

공부가 더 바빠지고 졸업과 취업을 하면서 머무는 자리가 바뀌게 되자 롯데리아는 기억에서 자꾸 잊혔다. 마지막으로 애플파이와 오렌지주스를 먹은 지 몇 년이나 흐른 뒤 아주 우연히 버스를 타고 그 길을 지나가게 되었는데, 내가 자라는 그 십여 년 동안이나 내내 굳건히 자리를 지키고 있던 롯데리아가 거짓말처럼 사라져 있었다. 전혀 다른 업종의 가게로 개조를 해서 이곳이 롯데리아였다는 것을 아는 사람도 모르고 지나칠 정도였다. 머물던 2층 창가는 까만 시트지가 발려 안이 전혀 들여다보이지 않았다. 상실감만큼이나 컸던 것은 그동안 찾지 못했다는 미안함이었다. 나 한 사람이 찾지 않았다고 해서 가게문을 닫을 리는 없지만 아예 없어진 줄도 모르고 지내

온 몇 년이 안타까웠다. 돌아갈 수 없는 어떤 시간처럼 다시는 갈 수 없는 장소가 되어 버리고 만 것이다. 이제야 비로소 품이 아주 조금 넓어졌는데 나다운 것이 무엇인지 알게 되었는데. 의자 밑에, 창가에, 코너 벽 한 귀퉁이에 떨궜을지 모르는 그 시간의 마음들을 추스를 기회가 없다고 생각하니 많이 서운해졌다. 영영 사라지기 전 마지막으로 인사를 할 수 있었다면 조금 나았을까.

  나의 소녀와 함께해 준 다섯 블록 너머의 롯데리아에게.

도시락 싸 주는 언니,

도시락 싸 주는 동생

나와 동생은 다섯 살 터울이 진다. 그사이 교과서가 개편되기도 하고 급식, 비급식 세대가 나뉘기도 하니 5년이라는 시간의 크기가 작지 않다. 도시락 세대의 끝자락에 있던 나와는 달리 동생은 초등학교부터 급식 세대였다.

그해 여름, 동생은 처음으로 도시락이라는 것을 가지고 다니게 되었다. 여름 방학을 맞아 학교 재정비 공사를 하면서 보충 수업이 진행되는 동안임에도 급식실이 쉬게 되었다는 것이다. 고등학교에 들어가며 본격적으로 미술 입시를 하고 있던 동생은 학교 보충 수업이 끝나면 저녁까지 자습을 하고 학원에서 밤이 늦도록 그림을 그리다가 녹초가 되어서야 집으로 돌아왔다. 바쁜 일과를 보내느라 제대로 된 집밥을 한 끼도 먹기 어려워서 보다 못한 부모님이 한 번씩 미술 학원 앞으로 찾아가 고깃집에서 밥을 사 먹이고 오시는 일도 있었다. 그나마 학교에서는 급식이 있으니 든든하고 따뜻한 점심을 먹을 수 있었는데, 여름 방학 동안은 처음으로 도시락에 의지하게 된 것이다.

엄마는 내가 어릴 적 한집에서 살았던 사촌들 것까지 여섯 개의 도시락을 내내 싸며 살아오셨다. 고모가 분가를 하면서 여섯 개 중 다섯 개를 덜어 냈지만 내 것이 남았으니 진짜 도시락 졸업은 그로부터도 한참 후가 되었다. 그런 엄마에게 아무리 잠깐이라고는 해도 다시 도시락을 싸게 하고 싶지는 않았다. 늘 가장 먼저 일어나 아침을 열던 부지런한 엄마가 아침을 부쩍 버거워하시는 것을 느끼던 터였다. 동생 도시락만큼은 내가 싸 보겠다고 선언했다. 애쓰는 동생에게 무엇이라도 해 주고 싶은 마음과 엄마가 조금이라도 아침잠을 더 잤으면 하는 마음이 만나 호기로운 선언을 하게 한 것이다.

그 여름 방학 동안 알람을 맞추고 아침 일찍 일어나 새 밥을 짓고 도시락을 쌌다. 반찬은 주로 달걀말이와 볶은 김치처럼 간단한 것뿐이었지만 금방 만든 따뜻한 것을 싸 주고 싶어 나름대로 애를 썼다. 쿠킹 포일은 도시락 싸기에 없어서는 안 될 도구다. 작게 자른 포일을 그릇처럼 만들어 케첩이나 머스터드소스를 짜 넣고, 넓게 자른 것은 편지 봉투처럼 접어 바삭하게 구운 김을 넣었다. 도시락 반찬을 만드는 주방 한편에서는 김치볶음밥이나 꼬마 김밥처럼 동생이 얼른 먹고 나서기 좋은 간단한 아침밥도 지어지고 있었다.

교복을 갈아입고 나온 동생이 식탁에 앉아 아침을 먹는 동안 나는 통마다 밥과 찬을 담아 가방을 싸고 때때로 드라이어를 가져다가 동생의 덜 마른 머리칼을 말렸다. 사실 동생이 가장 좋아했던 아침은 애써 만들어 놓은 아침밥이 아니라 후식으로 먹으라고 깎아 둔 사과 두 쪽이었다. 입시생은 잠이 늘 부족하고 고단하니 입이 깔끄러웠을 것이다. 그래도 만들어 놓은 것은 밀어 두고 겨우 사과 두 쪽만 먹고 일어설 때면 든든한 것을 먹어야 기운을 내지 하는 생각에 밥 한 숟갈이라도 더 입에 넣어 주고 싶어 조바심이 났다. 엄마들이 왜 현관 앞까지 국에 만 밥숟가락을 들이미는지, 닫히려는 엘리베이터 문 사이로 우유갑을 내미는지 그때 그 도시락을 싸 보지 않았다면 몰랐을 것이다. 그마저도 먹지 못하고 바삐 나서는 일이 많아져서 그다음부터는 속을 채운 도톰한 토스트를 만들어 포일로 꼭꼭 감싸 보냈다. 첫 교시 시작하기 전 잠깐의 여유 동안 친구들과 한입씩 나누어 먹는데, 친구들이 "너네 언니 정말 좋으시다" 하고 칭찬했더라며 제 입으로는 하기 쑥스러운 고마움을 친구들의 말을 빌려 전하는 동생이 귀엽기도 했다.

한 달여의 도시락 싸기가 끝이 나던 날, 내가 좋아 스스로 한 일이었는데도 그 해방감이 대단했음을 고백한다. 알람을 맞추고 아침 일찍 일어나지 않아도 된다는 것이, 내일은 또 무엇을 만들어야 할까 고민하며 냉장고 문을 여닫지 않아도 된다는 것이, 늦은 밤 돌아온 도시락통을 꺼내 설거지를 하지 않아도 된다는 사소한 것까지 그렇게 시원하고 개운할 수가 없었다. 그런 감흥과 동시에 아, 이렇게 힘든 것을 우리 엄마는 어떻게 그렇게 오랫동안 해 왔을까 하는 생각으로 이어져 다시 또 식구들 중 누군가의 도시락을 싸야 하는 일이 생긴다면 꼭 내 몫으로 하겠다고 다짐했었다.

나는 중·고등학생에게 국어를 가르치는 일을 하고 있
었는데 오래 다니던 직장을 떠나 조금 더 규모가 큰 입시
학원으로 옮기게 되었다. 강의 시간표는 강사마다 제각
각이고 오래 자리를 비우는 것도 어려워서 요일마다 가
장 많은 인원이 모일 수 있는 공강 시간을 맞춰 각자 싸
온 도시락을 먹는 것이 그곳의 새로운 식사법이었다. 시
험 기간이 되면 특강과 보강이 끝도 없이 잡혀 휴일 따위
는 없이 지내는 것이 입시학원 강사의 숙명이었다. 새벽
이 되어 돌아와 잠깐 눈만 감았다 뜨면 다음 날이 되어 있
는 것이 그렇게 야속하던 날들도 없었을 것이다. 도시락
을 싸는 데 쓸 시간이 있다면 잠을 조금 더 자는 편이 나
았다. 그렇게 지내다 보니 컵라면이나 편의점에서 파는
봉지 빵으로 겨우 요기나 하는 것이 온종일 먹는 것의 전
부여서 내내 속탈을 안고 살았다. 내가 너무 힘들어하는
것을 눈치챈 동생은 언니가 먹을 도시락을 싸기 시작했
다. 달걀을 말고, 문어 모양으로 칼집을 낸 비엔나소시지
를 볶고, 구운 김을 편지처럼 감싸 출근하는 내게 내밀었
다. 이번에는 대학생이 된 동생이 직장에 다니는 언니를

위해 도시락을 싸게 된 것이다.

신기한 것은 그 작은 도시락이 가진 힘이었다. 목이 다 쉬도록 연이어 수업을 하는 와중에도 동생이 싸 준 도시락 먹을 것을 생각하면 기운이 났다. 오늘은 무엇이 들었을까 하고 뚜껑을 열기 전부터 아이처럼 설레기도 했다. 함께 도시락을 먹는 선생님들이 "어머 동생이 미술을 하신다더니 도시락도 너무 예쁘네요" 하고 칭찬했는데 동생에게 고맙다는 말을 직접 전하기 쑥스러워서 나도 선생님들의 말을 빌려 속마음을 전하곤 했다. 이럴 때 보면 정말 꼭 닮은 자매가 아닐 수 없다.

동생은 석사 공부를 시작하며 본가에서 독립했다. 홀로 떨어져 지내는 낯선 도시의 모든 것이 녹록하지 않았을 텐데 동생은 참 씩씩하게 잘 견뎠다. 그러다가도 어찌할 도리 없이 버거운 날이 찾아오면 동생은 내게 전화를 걸어 조용히 많이 울었다. 내가 해 줄 수 있는 것은 같이 숨죽여 울다가 말미에 "밥 해 줄게, 와" 하고 말하는 것뿐이었다.

그즈음 남편이 이직을 하게 되어서 막 아장아장 걷기 시작한 첫째 아이와 함께 아주 작은 도시로 이사를 했다.

나는 결혼을 하고 동생은 독립을 하면서 가까스로 다시 가까워졌나 싶었는데 다시 멀어져 버리고 만 것이다. 동생이 지내는 곳에서 내게 닿으려면 두 시간이 넘게 걸렸다. 교통편도 너무 나빠 지하철을 오래 타고도 몇 대 다니지 않는 마을버스를 기다려 갈아타야 했다. 그런데도 동생은 언니 밥을 먹으러 먼 길을 멀다 생각하지 않고 찾아오곤 했다. 동생이 집에 오면 뚝배기를 꺼내고 있는 재료를 무엇이든 넣어 발발 찌개를 끓였다. 당연히 저 먹으라고 만드는 것인 줄 알면서도 꼭 찌개 끓는 옆에 와서 "언니 나 이거 먹을래!" 하고 확인을 하듯 크게 외치며 어리광을 피웠다. 또 다른 날에는 오이는 채를 썰고 어린 상추는 손으로 뚝뚝 뜯어 넣어 빨갛게 국수를 비벼 주었다. 그럴 때는 발바닥이 손바닥인 것처럼 폴짝거리며 박수를 치면서 젓가락에 국수를 털실 타래처럼 잔뜩 감아 입에 넣고는 부푼 풍선처럼 웃었다. 밥만 먹고 다시 두 시간 먼 길을 되돌아가야 했지만 그 특별할 것도 없는 밥을 먹으면 한동안 기운이 난다고 했다.

시간이 흘러 둘째 아이가 태어나고 내가 어린 두 아이를 키우느라 내내 고군분투하던 어느 날, 동생이 먹을 것을 잔뜩 사 들고 집에 찾아왔다. 내려놓은 쇼핑백마다 한

번쯤 들어 본 유명한 가게 이름이 쓰여 있고 그 안에는 유
행한다는 먹거리가 가득했다. 모두 한곳에 붙어 있는 가
게가 아닐 텐데 아무래도 홍대 일대를 걸어 다니며 온 가
게를 다 털어 온 것 같은 차림이었다. 야키소바를 넣은 샌
드라든가 명란이 듬뿍 들어 있는 빵, 윤기가 흐르는 에그
타르트와 과일을 통째로 품은 모찌가 저마다 풀기도 아
까운 예쁜 포장 안에 담겨 있었다. 가게에서 바로 먹을 때
처럼 가장 맛있는 상태로 먹게 해 주고 싶어 동생은 이건
이렇게 저건 저렇게 먹어야 한다며 열정적으로 소개를
해 주었다. 어린아이를 키우다 보니 집에서조차 밥은 코
로 먹고 외출다운 외출은 꿈도 못 꾸는 언니에게 제가 아
는 제일 유행하는 음식들을 먹이고 싶었던 것이다. 그 야
키소바 샌드를 냉장고에 넣어 두고 아끼고 아끼며 며칠
을 마음으로 먹었다.

찌개도 비빔국수도 야키소바 샌드도 모양만 다른 그
옛날의 도시락이었다는 것을 깨치고 만다. 멀리 떨어져
지내는 동안에도 여전히 언니는 동생을 위해, 동생은 언
니를 위해 서로를 먹일 따뜻한 도시락을 마음으로 싸며
지내고 있었다.

끝내 모르고 말

서로가 좋아하는

음식들

"엄마는 백숙을 싫어해" 하고 동생이 말했을 때 입을 벌린 채로 한참이나 서 있었다. 그렇게 말하기 전에 동생은 "그거 알아?" 하고 먼저 물었다. 그 말은 뒤에 이어질 진짜 질문을 하기까지 공기에 밀도를 더했다. 그리고 그 밀도를 뚫고 도착한 말은 정말 예상 밖의 것이었다. "그거 알아? 엄마는 백숙을 싫어해" 하고 동생이 같은 문장을 다시 말했을 때, 그 목소리에는 뚜렷한 확신이 박혀 있었다. 나는 벌리고 있던 입을 겨우 추슬러 기어들어 가는 소리로 "아니야, 그럴 리가 없는데" 했다. "어제 통화했어. 엄마는 백숙을 싫어하신대." "어제?" "응 어제."

동생이 말하는 어제는 내가 세상에 나와 엄마를 만난지 42년이 흐른 뒤의 어느 날이었다. 엄마는 적어도 42년 동안 두 주에 한 번은 닭을 삶아 식구를 먹였다. 하도 닭을 삶아서 닭이 두 마리쯤 들어가는 초록색 법랑 솥은 아예 닭 전용 냄비처럼 썼다. "오늘 저녁에 닭 한 마리 삶아 먹자"는 우리 집의 단골 멘트이기도 했다.

백숙은 양념을 하지 않고 맹물에 익히는 조리법이자 그렇게 만든 요리를 뜻하는 말이다. 흔히 먹는 삼계탕도 비슷한 요리지만 역시 삼계탕이라고 하면 이름에도 들어가는 인삼의 유무가 중요해진다. 인삼과 대추를 포함한 약재와 함께 불린 찹쌀로 닭의 속을 채워 내용이 빠지지 않도록 다리를 꼬거나 묶어 끓이고, 나중에는 그 국물에 익은 찹쌀을 풀어 걸쭉한 죽을 끓여 먹는데 확실히 내가 어렸을 때 먹던 것과는 차이가 있다. 깨끗한 물에 닭을 넣고 그저 뽀얗게 폭폭 삶는 것이 우리 집 닭백숙이었다. 때때로 인삼이나 대추, 마늘이 있으면 추가할 수는 있지만 그런 것이 없어도 우리 집 백숙을 만드는 데는 아무 지장이 없었다.

　우리 집 백숙은 국물보다는 닭고기 자체에 초점이 있다. 커다란 접시에 잘 삶아진 닭을 건져서 결을 따라 살을 바르고 금방 갈아 낸 깨소금을 콕콕 찍어 먹는데 아주 깨끗하고 담백한 맛이 난다. 국물은 죽을 끓이기보다는 위에 뜬 기름을 깔끔하게 건져 낸 뒤 송송 썬 파를 듬뿍 썰어 놓고 간을 더해 밥을 말아 먹거나 할아버지께서 라면을 끓이는 육수로 썼다. 집에서 그렇게 닭을 삶으면서도 외식을 하거나 집안의 행사가 있을 때는 또 백숙집을 섭외했다. 식당 앞에 상징처럼 커다란 물레방아가 돌아가던 누룽지 백숙집은 우리 집 단골 외식 장소였다. 외식이니만큼 닭보다는 오리백숙을 주문할 때가 많았지만 닭이나 오리나 참으로 미미한 변화였을 뿐이다. 그래서 나는 다른 집도 우리 집처럼 백숙을 자주 즐겨 먹는 줄 알고 자랐다. 일 년에 몇 번 '복'자가 붙은 날에나 먹는 복달임 음식인 줄은 대학생이 되고 나서야 알게 되었다.

　대학교 1학년 때 친구의 자취방에 우르르 몰려가 밥을 지어 먹은 일이 있다. 멀리 부산에서 떠나와 처음으로 혼자 살게 된 친구였는데 학기 초의 긴장이 사라지고 초여름 더위가 몰려오자 향수병을 앓듯이 많이 외로워했다. 주말에 본가에 한 번씩 다녀와도 그 잠깐뿐, 오히려 다녀온 후에 더 힘들어했다. 그걸 눈치챈 우리는 식당 밥 말고 따뜻한 집밥 한 끼를 지어 먹이기로 마음을 모았다. 뭘 해 먹일까 고민하다가 내가 닭백숙이 어떻냐 물었을 때 모두 딱 맞는 음식이라며 좋아했다. 몸보신을 하면 마음 보신도 될 거라는 생각이었다.

커다란 들통을 빌리고 영계를 여섯 마리나 샀다. 다만 백숙을 할 줄 아는 것이 나밖에 없는 줄은 몰랐지. 집에서 출발해 친구의 자취방에 도착하기까지는 버스로 20분 남짓인데 그사이 받은 전화가 이미 여러 통이었다. 먼저 도착한 친구들이 밑 준비를 하려고 하는데 뭘 어떻게 해야 하느냐며 전화를 걸어왔다. 그럼 닭을 먼저 씻으라고 했더니 그다음 걸려 온 전화에서는 비명만 들렸다. 생닭을 처음 만져 보는 친구들이 꿱꿱(이왕이면 꼬꼬댁이라고 질렀어야 하는데) 지르는 비명이었다. 자취방에 도착해 엄마처럼 의연하게 들통에 영계 여섯 마리를 삶아 내자 친구들은 너는 어떻게 백숙도 할 줄 아냐며 칭찬을 쏟아 냈다. 그때 알았지. 그렇게 백숙을 자주 해 먹는 집은 우리 집뿐이라는 것을.

아무튼 그 좁은 친구의 자취방에서 우리 여섯 명은 여섯 마리의 닭과 함께 삶아졌다. 그 작은 주방에서 들통 음식을 한다는 것이 무리였던 것이다. 하나뿐인 선풍기에서는 미지근한 바람이 나온 지 오래라서 누가 지나가거나 말거나 복도로 난 문까지 다 열어 놓고 땀을 닦으면서 전투적으로 삶은 닭을 뜯었다. 더워서였는지 정말로 몸보신이 되어서였는지 땀을 쭉 빼며 닭 한 마리씩을 맛있게 먹은 후 친구는 앓던 병을 털어 냈고 우리는 그 전보다도 더 돈독해졌다.

이야기로 돌아가자면, 어제 중요한 가족 행사를 앞두고 동생이 외식 장소를 상의하려고 엄마에게 전화를 걸었다. 그 전화에서 엄마는 닭을 삶아 온 지 42년 만에 비로소 최초의 공표를 한 것이었다. 엄마의 말에 놀란 것은 동생도 마찬가지였다. "아니 그러면 왜 그렇게 누룽지 백숙집을 갔어? 그보다도 먼저 왜 그렇게 닭을 삶았어?" 하고 물었다고 했다. "느희 할아버지와 느희 아빠가 좋아하시니까"가 엄마의 대답이었단다.

아닌 게 아니라 돌아가신 할아버지께서는 닭요리를 참 좋아하셨다. 백숙은 물론이고 빨갛게 볶아 낸 닭볶음탕이나 양파를 갈아 재우고 전분을 살짝 입혀 튀겨 내는 엄마표 닭튀김을 하면 워낙 소식하는 할아버지도 만족해하며 맛있게 드셨다. 그 입맛을 그대로 닮은 것인지 아버지도 예나 지금이나 닭요리를 즐겨 드신다. "닭이나 한 마리 삶아 먹지"가 우리 집의 단골 멘트라고 했는데 그 말은 거의 아버지에게서 나왔다. 할아버지께서 어쩐지 기운이 없어 보이거나 영 출출해하시는 것 같으면 "닭 한 마리 삶아 드려요?" 하고 답이 2백 퍼센트 정해져 있는 질문을 하기도 했다.

그러고 보니 엄마가 삶은 닭을 맛있게 드시는 모습을 아무리 떠올려 보려고 해도 별다른 기억이 없다. 어린 우리에게 살을 발라 주는 장면만 떠오를 뿐. 아니 나는 도대체 왜 눈치채지 못했을까. 한 식탁에 모여 앉아 그렇게 수많은 끼니를 함께 했으면서도 엄마가 무엇을 싫어하는지 모르고 살았다. 엄마에게 다시 전화를 걸어 차마 묻지는 못했다. 먹어도 그만 안 먹어도 그만인 그저 그런 정도가 아니라 "나는 원래 싫어해" 하고 명확하게 덧붙이셨다고 했다. 엄마가 말하는 '원래'는 어디까지 거슬러 가는 시간 속의 단어일까. 그 끝을 따라 거슬러 오르다가 너무 많은 것들이 미안해졌다. 미안한 마음은 자꾸만 진화해서 가지를 쳐 나갔다. 허무했다가 허탈했다가 놓쳐 버린 시간이 안타까웠다가, 그런데 엄마는 왜 진작 얘기해 주지 않았을까 원망스러워졌다. 그러나 답도 이미 정해져 있는 원망이었다. 엄마가 백숙을 싫어한다는 사실을 얘기해 주었더라도 그걸 내가 알고 있었더라도 우리가 지내 온 방식이 크게 달라지지는 않았을 것이라는 걸 알기 때문이었다. 식구를 먹이는 사람이 되어 보니 매 끼니 음식을 지으면서도 나 좋은 음식을 만드는 일이 쉽지 않다는 것을 깨닫는다. 하물며 시부모님의 끼니를 챙기고 산 지 38년 세월이었다. 이제라도 자식들에게 싫어한다는 말을 할 수 있으니 다행이라고 생각해야 할까.

어느 TV 프로그램에서 배우 김수미 님이 자기 아들과 비슷한 나이인 남자 출연자들에게 이렇게 질문했다. 엄마가 좋아하는 음식과 좋아하는 색을 알고 있느냐고. 의외로 자신 있게 대답한 사람도 있고 잘 모르겠다고 대답한 사람도 있었다. 그다음은 엄마에게 전화를 걸어 본인이 생각하고 있는 것과 엄마의 대답이 정말 같은지를 알아보는 것이었는데 정답을 맞힌 아들은 아무도 없었다. 아무것도 모르는 것에 충격을 받은 아들들은 그럼 무엇을 좋아하시느냐 물었다. 자신이 좋아하는 것을 한 번에 속 시원하게 대답한 엄마도 아무도 없었다. 모르겠는 말들로 내내 뱅글뱅글 맴을 돌다가 아들 쪽에서 눈치를 채고 되물으면 그제야 못 이긴 척 대꾸했다. TV를 보며 "아니 아들이 되어서 도대체 자기 엄마가 뭘 좋아하는지도 모르다니!" 하고 자신 있게 소리쳤던 그날의 내가 이제와 새삼 한심할 뿐이다. 엄마가 백숙을 싫어하는 것도 몰랐으면서!

삼식이와
돌밥돌밥,
그놈의 밥

일식이는 하루에 한 끼만 집에서 먹는 사람, 이식이는 하루에 두 끼를 집에서 먹는 사람을 말한다. 그렇다면 삼식이는? 앞의 두 공식을 접목하면 '세 끼를 집에서 먹는 사람'이라는 답에 쉽게 이른다. 삼식이는 은퇴 후 아내에게 아침, 점심, 저녁 세 끼 식사를 모두 차려 달라고 하는 남편을 비꼬아 부르는 말이었다. 누구에게서 처음 시작된 말인지는 모르지만, 정년이 앞당겨지고 오직 직장밖에 모르던 중년의 남성들이 일순간 삼식이가 되면서 생겨나는 사회적인 문제를 풍자한 대표적인 유-우머로 불려왔다. 삼식이가 세 끼를 먹는 사람이라는 뜻만 가지고 있다면 이렇게까지 여러 사람의 공감을 사는 유행어가 되지는 못했을 것이다. 남편이 은퇴를 할 무렵이면 아내도 집안일에서 은퇴를 하고 싶은 시기가 된다. 그런데 삼식이가 된 남편은 스스로 할 수 있는 일이 없는 아이 같기만 하다. 갑자기 남편의 세 끼를 챙기는 것도 쉽지 않은데 남편의 잔소리마저 늘어 간다. 은퇴 전에는 집안일에 소홀하다 못해 무심하던 남편이 갑자기 냉장고 속을 뒤지며 도대체 살림을 어떻게 하는 거냐 타박하기 시작했다는 에피소드는 흔해도 너무 흔하다.

삼식이가 결코 우리나라만의 이야기는 아닌 모양이다. 우치다테 마키코의 소설이자 동명의 영화로도 만들어진 〈끝난 사람〉에서는 정년퇴직을 한 남자 주인공의 모습을 애처롭고 조금 찌질하게 그려 내고 있다. 퇴직한 주인공은 아내가 연애를 할 때처럼 자신과 놀아 줄 거라는 기대를 갖고 둘만의 여행을 원하지만 아내는 자신의 일상을 내려놓고 아무것도 할 줄 아는 것이 없는 남편의 수발을 들어야 하는 긴 여행이 부담스럽기만 하다. 삼식이가 되어 버린 남편이 갈 곳은 어울리기 싫은 그저 그런 노인들이 그저 그런 잡담을 나누는 공원뿐이다. 하고 많은 수식 중에 '끝나다'는 말이 붙은 제목은 조금 슬프지만 이만큼 간결하고 정확하게 주인공의 처지를 읽어 주는 말도 없을 것이다. "일본에서 은퇴 후에 가장 사랑받는 남편은 노후 준비 잘해 둔 남편, 요리 잘하는 남편, 아내 말 잘 듣는 남편이 아닌 집에 없는 남편이다." 일본의 어느 노후 전문가가 했다는 쓰디쓴 유-우머를 덧붙인다.

요리 솜씨만큼 입담이 좋기로 유명한 어느 요리 연구가는 삼식이는 이제 너무 옛말이라며 요즘 새로이 불리는 단어가 있다고 소개해 주었는데 그게 바로 '종간나 세끼'였다. 방송용으로 써도 되는 단어가 맞는지 귀를 의심했지만 농담으로 모두에게 잘 받아들여졌는지 방청객과 패널들은 깔깔 웃어 댔다. (아무튼 내게는 좀 충격적인 말이었다.) '종간나 새끼'는 함경도 지역을 중심으로 한 북한에서 쓰는 욕으로 북한군이 나오는 영화에서 주로 상대를 얕잡아 이르거나 모욕을 주고 싶을 때 억양을 깊이 넣어 쓰는 대사 속 말이었다. 여기에서 새끼와 동음인 '세 끼'를 붙여 말장난을 한 것이다. 예순을 훌쩍 넘은 그녀의 모진

시집살이 레퍼토리와 바람피운 전력과 잔소리로 유명한 남편의 에피소드는 그녀가 방송에 나와 요리를 할 때마다 맛깔스러운 고명처럼 얹어지곤 한다. 재미있는 것은 그녀의 남편은 아직도 그녀가 손수 지은 산해진미로 삼시 세끼를 챙겨 먹는다는 사실이었다. 주방에 들어가는 것은 아내의 일이라고 굳건히 믿고 있는 그 남편은 아직도 아내가 없으면 아예 끼니를 굶는다고 하니 아, 욕을 좀 들으면 어떠랴. 그는 어쩌면 가장 복 받은 이 시대의 삼식이일는지도 모르겠다고 생각했다.

요즘 유행하는 말에는 '돌밥돌밥'이라는 줄임말도 있다. 금방 밥을 지어서 먹고 치웠는데 돌아서면 또 밥때가 돌아온다는 뜻이다. 전 세계적인 전염병을 앓기 시작한 2019년을 기점으로 모두가 집에서 머무는 시간이 길어지면서 남편과 아이들의 밥을 먹이는 일을 하는 주부들의 노고를 압축적으로 나타낸 말이었다. 역사적으로 모든 주부들의 공통 질문이었던 "오늘 저녁은 뭘 해 먹을까?"가 서정적인 고민의 상태라면 '돌밥돌밥'은 "아니 그놈의 끼니는 왜 자꾸 돌아오고 마는 것인가!"라는 푸념을 할 여유조차 없이 우선 팔부터 걷고 싱크대 앞에 서는 동적인 상황을 나타내는 말이었다.

작은아이가 초등학교에 입학한 해에 코로나로 인한 팬데믹이 시작되었다. 1학년을 마칠 때까지 실제로 학교 교문을 넘은 날은 30일이 채 되지 않았고 나머지 시간은 온라인 수업과 가정학습으로 채워졌다. 4학년이 되던 큰아이도 다를 것이 없었고 남편은 전염병이 돌기 바로 두어 달 전쯤 이직을 해서 일찍이 재택근무자로 지내는 중이었다. 갑자기 집의 네 식구가 모두 삼식이가 되어 버린 것이었다. 세 끼의 밥을 지어야 하는 것은 늘 그랬듯 오롯이 내 몫이었는데 설상가상 나는 그즈음 책을 쓰고 있었다. 밥을 짓고 책을 쓰고 또 밥을 짓고 책을 쓰고 또 밥을 짓고 책을 쓰는 것이 일과의 전부인 어마어마한 날들을 보내게 되었다.

사실 나는 음식을 만들고 식탁을 꾸리는 일이 꽤 재미있다. 어울리는 그릇을 고르고 갓 지은 음식들을 모양을 내어 담고 "식사하세요!" 하고 식구들을 불러 모으는 순간을 참 좋아한다. 식구들이 오직 그 순간만을 기다렸다는 듯이 식탁으로 달려와 그릇을 말끔하게 비우는 것을 지켜보는 것은 정말 즐거운 일이다. 고백하자면 나는 설거지도 음식을 만드는 것만큼 좋아한다. 그래서 모두가 삼식이가 된 첫 한 달은 갑자기 방학이 된 것 같기도 하고 휴가를 맞은 것 같기도 한 이 상황이 싫지 않았다. 세 끼 맛있는 것을 만들어 예쁘게 차려 내면 아이들은 환호하고 남편은 칭찬했다. 그런데 삼식이들을 먹이는 것이 날이 가고 달이 넘어가고 해까지 건너게 되니 점점 힘에 부치기 시작했다. 방금 점심을 먹어 놓고 "오늘 저녁은 뭐예요?" 하고 이어 묻는 아이들이 괜히 얄미웠다. 원고 마감은 다가오는데 아이들의 가정학습 숙제는 더 늘어났다. 작은아이를 달래 가며 오카리나 부는 것까지 가르치고 있자니 돌밥돌밥이 이토록 야속할 수가 없었다. 외식은 불가능한 시기였고 매끼 새로 지어 먹는 일이 고달파 그토록 회의적이던 배달 음식에 여러 끼를 의지하게 되었다. 그즈음 쓰고 있던 것은 집에 대한 책이었는데, 살림을 잘 꾸리면서 잘 지어 먹는 이야기를 쓸 때면 죄책감을 앓아야만 했다.

다행히 그 시간들은 무사히 지나갔다. 책은 잘 출간되었고 나는 배달앱의 VIP회원이 되었다. 영양가 없이 짜고 달고 기름기 많은 배달 음식 덕분에 모두 체중을 조금씩 불렸지만, 지어 먹기 번거로운 음식들을 간단히 맛보는 즐거움도 느꼈으니 나쁘지만은 않았다고 위로한다. 2년 만에 아이들이 학교에 갈 수 있게 되면서 다시 차분하고 고요한 일상으로 돌아왔다. 4년 차 재택근무자인 남편과 둘이서 간단히 아점을 차려 먹는 생활을 하고 있다. 남편의 아침은 커피 한 잔이면 충분해서 오전 회의가 끝나기를 기다렸다가 대개는 빵과 수프에 채소를 곁들인 귀여운 접시를 만들어 아점을 먹거나 가끔은 외식을 하기도 한다. 남편이 재택근무자라고 말하면 주변에서 "그 유명한 삼식이네요" 하고 웃다가 영 안 됐다는 표정(물론 나만의 생각일 수도 있지만 시어머님도 같은 표정을 지으셨으니)으로 "밥 차리기 힘드시겠어요" 한다. 그럴 때는 농담은 농담처럼 받으면 되는 것인지 의외로 좋은 부분도 있다고 구구절절 대꾸를 해야 할지 잘 모르겠어서 그저 애매하게 웃곤 한다. 이런 얘기를 들으면 세 끼를 다 챙겨 먹을 생각도 없고 스스로 곧잘 조리도 하는 우리 집 신삼식이는 억울할지도 모르겠다.

삼식이든 돌밥돌밥이든 불리는 이름보다 중요한 것은 결국 이 모든 일이 밥에서 시작해 밥으로 끝난다는 사실이다. 지긋지긋해서 좋고 또 싫은 아, 그놈의 밥이여.

끼니의

관상

'과목별 선생님의 옷'이라는 제목의 인터넷에서 떠도는 사진을 본 적이 있다. 각 교과목의 선생님들이 주로 입는 옷차림 사진을 모아 놓았는데 학창 시절을 지나온 사람이라면 그 누구나 '맞아 맞아' 하고 공감하고 마는 것들이었다. 게다가 국어과 선생님의 옷 중에서 내가 아이들을 가르치던 시절에 입던 것과 똑같은 블라우스를 발견하고 속으로 뜨끔 놀라기까지 했다. 어쩌면 하나의 이름으로 묶이게 되는 사람들에게는 부인할 수 없는 고유한 취향이 있는 것일지도 모른다고 생각했다. 교수님의 말을 빌리자면 국문과는 고전적인 매력이 있는 사람들이 모인 곳이었다. 외적인 모습만을 말하는 것은 아니었지만 우리는 어느 정도 그 말에 수긍했다. (그 말씀을 해 주신 고전문학 교수님 본인은 늘 황토색 개량 한복을 입고 2:8 가르마를 정확하게 타고 다니셨다.) '고전적 매력'을 다른 말로 바꾸면 조금 촌스럽다는 뜻이다. 축제 때 고무신에 하얀 무명 한복을 입고 돌아다녀도 위화감이 없는 타입들이랄까. 막걸리를 두고 맑은 소주를 마시면 어쩐지 요상한 죄책감이 들고, 술에 취하면 유행가 대신 장단을 타며 사랑가를 부르고 싶어지는 촌스러운 멋에 빠진 치들이었다. (이쯤에서 전국의 국문과 동문들께 미리 사죄한다. 이것이 성급한 일반화일지 모르지만 적어도 그 시절 나의 국문과는 그랬다.)

신기한 점은 국문과 사람들은 정말 국문과처럼 생겼다는 것이다. 국문과 남자 선배들은 묘하게 닮은 구석이 있었는데 딱 꼬집어 무엇이라고 말하기는 어렵지만 촌스럽다는 서술어를 적어 놓으면 모두 그럴듯하게 어울린다. '대학만 가면 멋있는 오빠 있다면서요'라고 개탄하게 만드는 촌스러움 속에서(물론 그들은 '대학만 가면 예쁜 애들 많다면서요'라고 개탄했을지도) 단연 눈에 띄는 탈 국문과적 인물이 나타났다. 당시 인기가 최고였던 시트콤 속 남자 주인공을 닮은 H 선배는 전역을 하고 혜성처럼 나타난 국문과의 희망이었다. 탈 국문인 같은 외모가 한몫했는데, 접어도 두 번은 접었어야 하는 바지를 그대로 입어도 딱 맞게 떨어지는 다리의 길이감이 독보적인 데다 가방과 운동화를 바꿔 가며 멋도 은근히 부릴 줄 아는 타입이었다. 게다가 국문과에서는 최초로 귀걸이를 한 사람이었다. 아무 관심 없는 척하던 다른 남자 선배들이 다음 날 일제히 귀를 뚫어 콩알만 한 귀걸이를 하고 나타났을 때, 모두 속으로 낄낄 웃었다.

H 선배는 외모만 그런 것이 아니라 전례에 없이 참 다정한 사람이었다. 이름이나 귀여운 별명을 기억했다가 불러 준다거나 길에서 우연히 만나도 꼭 웃으며 먼저 인사를 건넸다. 어떻게든 여자 후배들의 마음에 들려고 애쓰는 예비역들은 늘 조급해 보이는데 그런 것과는 차원이 다른 여유가 느껴졌달까. 합평이라는 이름으로 신입 여학생들이 쓴 시를 난도질을 해서 결국 엉엉 울리는 것으로 자신의 문학적 우월함을 뽐내고 싶어 하거나, 뒷산 벤치나 공강 교실에 앉아 손 노트에 무언가를 내내 끼적

이면서 뭐 엄청 대단한 것을 쓴 양 자기 것은 절대로 보이는 법이 없는 좀 특이하고 갑갑한 선배들 사이에서 H 선배의 다정함은 여러 여학우의 마음을 끌기 시작했다. 그런데도 좀처럼 여자친구가 생겼다는 소식이 없는 것이 모두에게 의문이었다.

어느 날 H 선배가 점심을 같이 먹자고 했다. 물론 나에게만이 아니라 나와 늘 함께 다니는 세 명의 무리에게 한 말이었다. 거절할 이유가 전혀 없었다. 화기애애 이야기를 나누며 H 선배를 따라 제육볶음이 나오는 학교 앞 백반집에 갔다. 밑반찬과 찌개가 나오고 이제 막 첫술을 뜨려는데 세상 처음 듣는 요상하고 추잡한 소리에 깜짝 놀라 숟가락을 손에 쥔 채로 멈춰 버리고 말았다. 그것은 다름 아닌 H 선배가 밥을 먹는 소리였다. 나와 내 동기 여학우들의 이름을 다정히 불러 주던 그 입과 저 입이 같은 것이 맞기는 한 걸까. 우리 셋은 그대로 얼음이 되어 H 선배의 기행을 관전하기에 이르렀다. 관전 포인트는 세 가지인데 후루룩, 짭짭, 쩝쩝으로 나눌 수 있다. 찌개 국물을 뜬 숟가락이 입으로 들어갈 때는 그 옛날 아버지들이 세수를 하는 소리가 났다. 마당 수돗가에 커다란 대야를 놓고 다리는 벌리고 무릎은 꼿꼿하게 세운 채로 고개만 기

울여 온 사방에 물을 다 튀겨 가며 정열적으로 얼굴에 비
비는 '아버지가 세수하는 소리' 말이다. 후루룩은 그에 비
하면 좀 고상한 표현이라 최대한 비슷한 소리를 흉내 내
적자면 '어푸루푸푸'겠다. 찌개 세수가 한차례 끝나자 잠
시도 쉴 새 없이 밥과 반찬을 입에 짭짭 쑤셔 넣기 시작했
다. 입에 들어간 것이 이미 가득한데 또 다른 것이 잇따라
들어가니 보고 싶지 않아도 입 안의 씹다만 내용물을 볼
수밖에 없었다. 하고 싶은 말은 또 왜 그리 많은지 입 안
가득 물고 있는 음식들을 쩝쩝 되새겨 가며 계속 말을 이
어 갔다. 제일 견딜 수 없는 것이 바로 그 쩝쩝이었는데
말을 할 때마다 입 안에 들어 있는 반쪽 밥풀들이 자꾸만
튀어 사방으로 날아다녔기 때문이다. 그동안은 내가 비
위가 강하고 감정을 드러내지 않는 사람이라고 생각했는
데 그건 그냥 비위가 많이 상하거나 감정이 심하게 요동
칠 일이 없었기 때문인지도 몰랐다. 절대 한 상에서 같이
밥을 먹을 수 없는 사람이 세상에 존재한다는 것을 난생
처음 강렬하게 깨쳤다. 더 먹을 생각은 못하고 우리 셋은
H 선배의 식사가 어서 끝나기만을 기다렸다가 식당을 탈
출하다시피 빠져나왔다. H 선배와 밥을 먹어 본 적이 있
는 다른 동기들은 내 질린 표정을 보자마자 알 만하다는

듯 깔깔 웃었다. "왜 말해 주지 않았어?" 하고 원망스럽게 이야기했더니 직접 보지 않고는 상상하기 어렵기 때문이라고 했다. "그 선배 엄청 쩝쩝거려" 정도로밖에는 표현이 되지 않았을 테니까. 사실 그 단정한 외모와 고요한 말투를 떠올리면 '뭐 해 봐야 얼마나 쩝쩝거리겠어?'라고 생각했을 것이다.

그 일은 내게 일종의 트라우마가 되었다. 누군가와 밥을 먹을 일이 생기면 슬며시 공포가 찾아오는 거다. 겉으로는 멀쩡한 누군가가 찌개 세수인일지도 모른다는 공포는 생각보다 꽤 오래 갔다. 그래서 오래 곁에 두고 만나고 싶거나 좋아하는 사람이 생기면 밥 대신 차를 마시며 약속을 미룰 수 있을 만큼 미루다가 정말 최후가 되어서야 밥을 먹었다. 다행이라고 해야 할지 그 후로 수많은 사람들과 첫 밥을 텄지만, 적어도 다시 만나고 싶지 않은 이유가 밥 먹는 모양 때문인 일은 없었다.

생선 한 마리를 먹어도 접시가 지저분해지지 않게 가시를 한쪽에 발라 가며 깔끔히 먹는 사람이 있는가 하면 같이 먹을 사람은 배려하지 않고 제일 두툼한 가운데 살점을 움푹 파내 가는 사람도 있다. 밥을 먹는 모양에는 자기가 살아온 삶의 방식이 제법 담겨 있다. 한번 길이 들면 고치기도 쉽지 않고 고칠 생각도 잘 못하는 사소한 습관들이 그대로 드러나기 마련이다.

함께 밥을 먹다가 그 사람의 관상을 보고 만다. 관상학을 따로 배우지 않았어도 사람들은 누구나 경험으로 체득한 나름대로의 결괏값을 가지고 살게 되는데, 그걸 첫인상이나 첫 느낌이라는 말로 부르기도 한다. 나는 그걸 '관상'이라고 생각한다. 왕이 될 상인가를 보는 것이 아니라 내가 가치를 두고 있는 삶의 박자와 잘 맞는지를 살피게 된다는 말이다. 식사를 시작하고 끝내는 속도가 나와 잘 맞는 사람을 만나면 좋은 대화를 한 것 같은 기분이 든다. 젓가락질이 단정하고 씹는 소리가 고요한 사람을 만나면 그 우아함에 반해 내 자세도 절로 고쳐 앉게 된다. 그럴 때는 음식을 다 먹지 않아도 그의 단정함을 구경하는 것만으로 배가 부르다. 함께 하는 사람을 배려해 좋아하거나 싫어하는 것을 눈에 띄게 드러내지 않고 음식을 나누어 먹을 줄 아는 사람, 자기 자리를 깔끔하게 정돈해가며 먹을 줄 아는 사람, 음식을 짓고 상을 차리는 사람의 수고에 감사하는 마음을 가지고 있는 사람은 다음에도 또 만나 같이 밥을 먹고 싶어진다. 함께 밥을 먹는 것이 즐거웠던 사람들은 다른 어떤 것을 함께 해도 좋았다. 나와 궁합이 잘 맞는달까.

　그리고 한 가지, 같이 밥을 먹는 것만으로 절로 내 입맛까지 돌게 만드는 사람을 곁에 두는 것은 최고의 복이다. 함께 밥을 먹다가 그런 사람을 꼭 한 명 발견하고 말았는데 그는 여전히 나와 매일 밥을 같이 먹으며 살고 있다.

햇반과 밀키트는

정말 요리가

아니야?

몇 년 전 이야기지만 햇반 때문에 친정 엄마에게 꾸중을 들은 일이 있었다. 열심히 밥을 해 먹기로 유명한 우리 집 식탁에도 종종 햇반이 등장한다. 물론 자주 있는 일은 아니다. 그것을 보시고는 밥은 해 먹으면 되는 것인데 다른 곳도 아닌 집에서 햇반을 쓰는 것이 말이 되느냐 혼을 내셨다.

한국인은 밥심이라고 했다. 이 문장을 읽고 끄덕이지

않을 한국 사람은 아마 없을 것이다. 대대로 밥이 우리에게 지니는 가치는 대단한 것이었다. 밥이라는 음식이 가지고 있는 상징성과 함께 밥을 짓고 나누는 모든 행위를 소중하게 여겨 왔다. 그래서인지 햇반의 출시가 1996년인 것을 생각해 보면 지금처럼 흔하게 우리의 일상에 스며들기까지 참 오랜 시간이 걸렸다. 한국인의 주식인 쌀을 즉석식품으로 만들었다는 것 자체가 당시로서는 매우 파격적인 일이었다고 한다. 아니 '밥'을 플라스틱 용기에 담고 비닐 뚜껑을 덮어 인스턴트로 만들다니! 끼니는 제대로 정성스럽게 차려 먹어야 한다고 생각해 온 윗세대에게는 '밥=짓다'의 공식이 각인되어 있어서 햇반을 사 먹는 것 자체에 반감이 있었던 것 같다. 나조차도 어린아이들을 먹이는 사람이 되어 보니 밥을 짓는 공을 들이지 않고 햇반을 데워 주게 되는 날이면 어쩐지 죄책감이 들곤 했다. 스스로도 마음 한쪽이 불편하던 차에 엄마에게 꾸중을 듣고 뜨끔했던 기억이 난다. 그렇지만 햇반은 이제 우리 집 상시 구비 용품이 되었다.

전자레인지에 햇반을 데우는 것이 물에 손 담가 쌀을 씻고 불을 크거나 작게 옮겨 가며 밥을 짓는 것과는 조금 다르지만 아이들에게 따뜻한 밥을 먹이고 싶은 마음만은 같다. 시간에 쫓기는 바쁜 날이나 밥을 지을 만한 컨디션이 되지 않는 날에도 밥때는 어김없이 돌아온다. 그럴 때 햇반은 거의 구세주나 다름없다. 가끔 사는 시기를 깜빡 잊어 쌀이 떨어지는 일이 생겨도 햇반이 있으면 걱정이 없다. 우리 집 냄비로는 감당할 수 없는 많은 수의 손님을 대접해야 하거나 예고 없이 들이닥친 배고픈 밥손님을 빨리 먹여야 할 일이 생기면 구비해 두었던 햇반이 참 요긴하다. 바쁜 아침 시간에도 전자레인지에 2분만 돌리면 막 지은 것처럼 따끈따끈하고 보드라운 밥을 만날 수 있다. 몇 년 사이 나를 꾸중하시던 친정 엄마도 종종 햇반을 사 드신다. 해 먹을 수 없는 여건에서 꾸역꾸역 몸과 마음을 괴롭히는 것보다 시대의 간편함을 고맙게 받아들이기로 한 것이다.

'대일 밴드'와 '봉고차'라는 말에는 공통점이 있다. 그 제품을 만든 회사에서 최초로 내놓은 상표 이름이라는 것이다. 사람들은 그것을 상표가 아니라 그 물건을 통칭하는 대명사로 받아들이고 사용한다. 이런 현상을 '보통명칭화'라고 하는데 어느 회사에서 선구적으로 출시한 제품의 이름이 소비자들 사이에서 일반적인 명칭으로 인식되는 것을 뜻한다. 이를테면 대일 밴드는 대일화학공업에서 만든 일회용 반창고의 제품명이다. 수많은 회사에서 만든 일회용 반창고가 있지만 나도 모르게 약국에 들어서면 "대일 밴드 주세요" 하고 말하게 된다. 봉고차는 기아에서 출시한 소형 승합차의 이름이었다. 여러 사람이 타는 작은 승합차의 이름이 각각인데도 이미 단종된 지도 오래인 봉고라고 자꾸 부르게 된다.

그런데 이런 단어들도 빠르게 옛말이 되어 간다. 대일 밴드나 봉고차라는 말을 쓰거나 아는 사람은 연령대가 금방 들통난다고나 할까. 요즘 친구들은 대일 밴드나 봉고차 대신 듀오덤이나 스타렉스라고 부른다는 것을 알게 되었다. 전후 단어 사이에 디자인과 기능이 더해진 시차가 생기는 것을 부인할 수 없다. 아, 내가 그만큼 나이를 먹었구나 하고 받아들일 수밖에. 제품은 끝없이 발전하고 필요에 의해 새로운 것들은 계속해서 출시되기 때문에 세대별로 대표하는 보통명사도 빠르게 달라진다.

햇반은 CJ제일제당에서 출시한 즉석밥의 상표이지만 즉석밥을 대표하는 보통명칭화가 된 단어다. 햇반은 요즘 시대를 대표하는 보통명사가 아닐까 싶다. 밥을 꼭 손수 지어 먹어야 한다는 부담을 덜고 시간을 절약하면서도 끼니를 똘똘하게 챙길 줄 알게 된 세대에게 잘 어울리는 단어라고 생각한다. 한편으로는 구세대의 생각을 전환해 인정할 수밖에 없게 만드는 편리함을 상징하는 단어이기도 할 것이다.

아주 오래간만에 큰 마트에 장을 보러 갔다. 집 근처의 작은 가게나 온라인 마켓을 주로 이용하다 보니 큰 마트에 갈 일이 많지는 않다. 가늠해 보니 거의 1년 만이었다. 남편과 카트를 끌고 대형 냉장고와 선반 사이 골목골목을 돌다가 그사이 많은 것이 바뀌었다는 것을 알아차렸다. 코로나19를 기점으로 집의 중요성에 대해 사람들의 인식이 바뀌었다는 칼럼을 읽었다. 집에 오래 머물게 되면서 내 공간을 보다 안락하게 만들기 위해 때아닌 인테리어 붐이 일었고, 외식이 불가능한 상황에서 배달 음식에 질려 버린 사람들이 집밥을 해 먹기 시작했다는 내용이었다. 대형 냉장고들 사이 어떤 골목은 양쪽으로 오로지 밀키트 상자만 책처럼 꽂혀 있었다. 씻고 썰어 손질을 끝낸 재료와 양념장을 담아 바로 조리할 수 있게 포장한 간편식을 '밀키트'라고 한다. 식사나 끼니를 뜻하는 '밀'meal과 조합이나 세트를 뜻하는 '키트'kit가 만나 이루어진 합성어이다. 내가 마트에 장을 보러 온 것이 맞는지 어디 냉동 서가에 들어온 것인지 모를 정도로 어마어마한 종류의 밀키트 천국을 돌다가 정신이 그만 혼미해져 버리고 말았다. 남편이 "원래 이 정도까지였나?" 했고, 나는 동문서답하듯이 "좋은 세상이야" 했다. 그대로 하나씩만 구입해도 거의 전 세계의 요리를 만들어 볼 수 있을 것 같았는데 그 골목에서 우리는 결국 아무것도 사지 못하고 하던 것처럼 채소와 과일만 조금 담아 돌아왔다. 밀키트에 영 호감이 가지 않은 이유를 다시 곰곰이 생각해 보니 어쩐지 이 정도까지 편리해도 되는 걸까, 그것을 받아들일 용기가 없었던 것 같기도 하다.

요리를 완성하려면 반드시 밑 준비가 필요하다. 모든 레시피의 1번이 "양파 반 개를 썰어 주세요"로 시작되지만 그러려면 생략되어 있는 0번에서 양파의 껍질을 까고 뿌리와 밑동을 깔끔하게 제거하여 물로 깨끗이 씻는 일이 끝나 있어야 한다. 그것보다도 더 앞서 양파가 우리 집에 있어야만 하는데, 결국 요리는 장을 보는 노동력까지를 포함한다. 집밥을 먹고 싶지만 요리를 할 시간이 부족하거나 요리의 시작부터 끝이라는 모든 과정을 따를 체력이 없는 사람, 요리 자체가 너무 어려운 사람에게 밀키트처럼 요긴한 것이 없을 것이다. 재료를 고르고 다듬고 씻는 것처럼 밑 준비에 걸리는 긴 시간을 획기적으로 단축해 주는 것이 밀키트의 가장 큰 장점이다. 게다가 밀키트는 어느 정도 맛이 보장된다는 점에서도 훌륭하다. 음식의 맛을 내는 데 있어 가장 중요한 것은 양념과 간인데 검증된 맛의 조합과 양이 정해져 있으니 사랑받을 이유가 충분한 것 같다.

내가 중학생이 되면서 엄마는 다시 일을 시작하셨다. 엄마는 늘 바빠 퇴근을 하고 집에 돌아오자마자 외투와 가방만 내려놓고 저녁을 지으셨다. 밥을 짓는 것은 내게 종종 부탁하기도 했지만 할머니, 할아버지께 드리는 상차림에 찌개나 국이 꼭 있어야 해서 그것은 늘 본인이 손수 지으셨다. 그러던 어느 날 동네에 반조리 찬가게가 생겼다. 그날의 물 좋은 재료를 골라 찌개나 전골 거리를 만들어 파는 가게였다. 손질한 생물 재료와 채소 약간, 육수 한 봉지가 구성품이다. 집에 있는 찬거리가 마땅치 않거나 퇴근이 조금 늦는 날이면 엄마는 그 가게에 들러 그날의 찌갯거리를 사 오셨다. 그렇다고 그대로 끓이기만 해서 내는 일은 없고 냉장고에 있는 재료를 더 추가하고 양

넘을 만들어 우리가 먹던 맛 그대로의 엄마표 찌개를 만들어 주셨다. 엄마는 바쁜 손을 조금이나마 덜어 주는 반조리 찬가게가 있어서 참 좋았다고 요즘도 종종 말씀하신다. 중심이 되는 재료가 구비되어 있다는 것만으로도 마음이 한결 가벼우셨던 것이다. 생각해 보니 이 반조리 찌갯거리가 밀키트의 원조가 아니었나 싶다.

어느 TV 예능 프로그램에서 찬반 이슈가 나온 것을 시작으로 온라인상에서 '햇반과 밀키트는 요리가 아니야?'라는 논쟁이 벌어졌다는 이야기를 들었다. 내가 아는 선에서 요리다 요리가 아니다로 갈리는 표의 수는 거의 반반이었다. 포장이나 배달 음식을 받아 뜨르기만 하는 것이 아니라 직접 불 앞에 서서 끓이고 볶는 과정을 거쳐 상을 차리는 것만으로도 햇반과 밀키트는 충분히 집밥의 모양을 닮았다. 거기에 먹을 사람을 생각하는 마음까지 더한다면 이것을 요리가 아니라고 할 수 있을까. 또 한편으로는 레시피의 1번에 앞선 0번의 수많은 과정들을 거치지 않은 것을 두고 과연 정성을 들인 요리라고 할 수 있는가를 고민하게 한다. 3대째 김치를 담그고 새벽마다 새로 들어오는 싱싱한 재료를 넣어 밤새워 끓여 내는 식당과 기업에서 제공하는 공장 재료에 공장 소스를 데우고 얹어 내는 프랜차이즈 식당을 같은 카테고리에 넣고 비교하지 못하는 것처럼. 어쩌면 우리는 시대가 말해 주는 가치의 변화를 끊임없이 의심하고 또 받아들이는 과정을 겪는 중이라는 생각이 든다. 그래서 내 생각은.

하나도

친하지 않은

사람들과

대학교 3학년 겨울, 아주 좋은 기회를 얻어 공기업에서 인턴 생활을 했다. 두 달 인턴십만으로 장학금을 제외한 나머지 학비를 벌어왔을 때 엄마가 정말 기뻐하셨다. 내가 받은 월급을 생각하면 대학생 인턴에게 주어진 업무는 단순한 것이었다. 자잘한 서류를 취합하고 이미 만들어진 양식에 내용을 옮기는 것, 복사를 하고 복사한 종이 뭉치를 철하거나 우편을 보내는 일이 대부분이었다. 그러다가 내가 도표를 잘 그리는 것을 모두들 알아챈 후로 내 주 업무는 각종 서류에 필요한 도표와 그림을 그리는 일이 되었다. 그 일은 너무 쉽고 빨리 끝났다. 처음에는 일을 끝내는 대로 보여 드렸지만 대학생 인턴에게 줄 다음 업무가 떨어져 버리자 난감해하는 것을 본 후로는 주어진 일을 할 수 있을 만큼 더디 끝내기로 했다.

사실 그들이 하는 일도 별반 다르지 않게 급할 것이 없어 보였다. 내내 컴퓨터를 노려보고 있는 것 같지만 자세히 관찰해 보면 모두들 딴짓의 달인이었다. 오른쪽의 대리님은 5분에 한 번씩 서랍 속에 수북이 쌓아 둔 캐러멜을 까먹거나 조용히 손톱의 때를 빼며 시간을 보냈다. 그 정도의 고요한 인기척도 느껴지지 않을 때 돌아보면 소리도 없이 졸고 있었다. 자칭 만인의 연인으로 불리는 왼쪽 대리님은 사내 메신저로 내게 농을 걸거나 부서마다 겨우 한두 명 있을 뿐인 여직원들에게 별로 중요하지도 않은 일을 핑계로 전화를 걸었다. 그나마 이 지루한 시간은 견딜 만했지만 점심 끼니마다 먹지도 못하는 곱창전골을 먹으러 나갈 때, 나는 이곳이 지옥이라고 생각했다. 먹을 줄 모른다는 말을 하지 못한 내 잘못이었다. 그러나 그런 말을 할 수 있는 분위기도 아니었다. 하나뿐인 코트에 배어든 전골 냄새는 우울한 기분처럼 꽤 오래갔다.

　이른 아침마다 잊지도 않고 친절한 셔틀버스가 나를 데리러 왔다. 회사 현관 앞까지 정시에 나를 내려놓기 위해 늦는 일도 없이 달리는 셔틀 안에서 제발 바퀴에 구멍이 나 버렸으면 좋겠다고 생각했다. 눈이 아주 많이 내린 날, 꽁꽁 언 길에서 헛바퀴가 돌아 버스가 회사를 목전에 두고 서 버린 일이 있었다. 하는 수 없이 버스에 탄 모두가 우르르 내려 발이 푹푹 빠지는 눈길을 걸어 회사까지 가야 했다. 눈길을 걸으며 겨우 버스 바퀴에 구멍이 나는 것을 기도한 내가 한심해졌다. 그날은 글쎄 눈도 많이 내렸으니 특별히 그 빌어먹을 곱창전골을 특대로 먹었다.

　졸업을 앞둔 겨울, 엄마의 바람대로 그 공기업에 입사하기 위해 팔자에도 없는 토익 학원과 공무원 학원을 다녔다. 꾸준히 아르바이트를 해서 모아 놓은 저금을 그런 학원에 쏟아부었다니 지금 생각하면 통탄할 노릇이지만 그때는 달리 대안도 없었다. 이렇다 말씀하신 적은 없대도 부모님은 내가 학비도 비싸고 앞날도 보이지 않는 대학원생이 되는 것을 반기지 않으셨고, 떨어질 줄 몰랐던 대학원 시험에서 떨어졌을 때의 자괴감도 대단했던 시기다. 특별히 잘한 것도 없는데 나를 귀여워해 주셨던 부서의 장이 면접관이 되셨다는 이야기를(그렇다고 해서 나를 뽑아 줄 리도 없지만) 왼쪽 대리가 전화로 알리며 입사 원서를 써 보라 했을 때, 상황에 떠밀리듯 어영부영 공기업 취준생이 돼 버리고 말았다. 매일 오전에는 공무원 학원에서 경제학을 듣고 그것이 끝나면 옆에 붙어 있던 토익 학원에 갔다. 애매하게 남는 시간에는 서점에 딸린 작은 카페에서 가장 싸고 양이 많던 토스트와 우유 세트를 시켜 먹으며 공부를 했다. 그리고 주에 세 번쯤 엑셀 수업을 듣고 자격증을 땄다. 딱 두 달 그렇게 하고 나니 모아 둔 저금이 바닥났다. 이제 더 취업 공부를 하려면 부모님께 손을 벌려야 하는데, 그러려면 나에게 적어도 의지라는 것이 있어야 했다. 이루고 싶다는 의지도 없었지만 이룰 수 있다는 희망도 그다지 없다는 것을 꾸역꾸역 돈과 시간을 써 가며 증명한 꼴이 되었다.

그즈음 엄마 몰래 입시학원에 면접을 보아 합격했다. 꼭 하고 싶은 일은 아니었어도 그때는 적어도 할 수 있는 일을 해서 돈을 벌고 그 돈을 모아 대학원생이 되고 싶었다. 그렇게 입시학원에서 중·고등학생에게 국어를 가르치게 되었다. 아르바이트로 아이들 가르치는 일을 꾸준

히 했어도 규모가 큰 입시학원에 정식 강사로 들어가게
된 것이니 이곳은 내 첫 직장이라고 할 수 있다. 수업하고
아이들 가르치는 일이야 어려울 것이 없었지만 갑자기
국어과의 막내 강사가 돼 버린 위치에서 맺는 모든 관계
들은 이제껏 단 한 번도 경험해 보지 못한 것이었다. 경쟁
할 것이 없는데도 경쟁을 하고 시샘할 것이 없는데도 시
샘하는 묘한 분위기에서 은근히 갈려 있는 파벌에 끌려
다녀야 했다. 과목의 이름을 붙여 —과로 묶인 이상, 그
파벌을 내가 직접 선택한 것이 아님에도 나는 다른 한쪽
에게는 반대 진영에 있는 사람일 뿐이었다. 말을 꼭 주고
받아야 하는 상황에만 잠깐 보였다가 평상시에는 서로가
안 보이는 사람들처럼 굴었다. 한 교무실 안에서 보였다
안 보였다 투명도를 조절하며 지내야 하는 시간은 꽤 괴
로웠다. 그렇다고 각자의 파벌이 돈독하고 의리 있지도
않았다. 아, 이런 관계 놀음은 중학생일 때 그만뒀어야 하
는 유치함 그 자체였다.

　학원에는 넓은 강사 탕비실이 마련되어 있어서 여기에
서 자신의 공강에 맞춰 저녁을 먹었다. '전라도댁'이라 불
리던 반찬 아주머니가 만든 그날의 반찬과 찌개가 매일
시간에 맞춰 배달되었고, 다만 밥만큼은 강사들이 돌아

가며 손수 지었다. 당번은 조금 더 일찍 나와 구비해 둔 쌀로 모두가 먹을 양의 밥을 커다란 전기밥솥에 짓는다. 그러면 공강 시간을 맞춰 같은 파끼리 밥을 먹었다. 간혹 공강이 애매해져 같은 파와 밥때를 맞추지 못하면 다른 파가 없는 시간에 혼자 먹거나 아예 식사를 거르기도 했다. 식사마저 내외하는 사이라니 충격적인 대목이었다.

R 강사는 거의 매일 일등으로 출근을 했다. 출근만 일찍 하는 게 아니라 나서서 교무실이나 탕비실 정돈도 하는 부지런한 타입이었다. 당번보다 늘 일찍 오기 때문에 자기 차례가 아닌 날에도 종종 밥을 지어 두곤 했는데 당번이 서둘러 도착하면 "내가 미리 해 두었어" 하고 사람 좋게 웃었다. 그런 이유로 어느 파벌에게도 상관없이 인사를 받는 유일한 사람이었다. 내가 첫 밥 짓기 당번이 되었을 때도 그랬다. 첫 직장에 적응을 하느라 고군분투하는 신참에게는 그 일이 무척 고마운 기억이 되었다.

그러던 어느 날, 교무실에서 큰 소리가 났다. 그날도 일찍 출근한 R 강사가 밥을 미리 지어 두었는데 당번이었던 A 강사가 그 사실을 알고 불같이 화를 낸 것이다. 요점을 말하자면 자기 순서는 자기가 알아서 할 테니 함부로 빼앗지 말라는 것이었다. 나는 그렇게까지 화를 내는 것이 잘 이해가 되지 않아 "고마운 일이지 않아요?" 하고 옆 강사에게 속삭였다. 옆 강사는 "그렇게 하면 당번이라고 일부러 일찍 온 것이 소용없어지잖아. R에게만 생색나는 일이지" 했다. 아 그렇게 생각할 수도 있구나. 선의로 한 일이 모두에게 선의로 느껴지지는 않을 수도 있구나 하고 깨쳤다. 그리고 시간이 조금 더 지나 알게 된 것은 모두들 앞에서는 R 강사에게 고맙다고 인사를 하고 뒤에서는 그를 '오지랖'이라고 부르며 욕을 한다는 사실이었다.

갑작스럽게 생리가 시작되어서 가방에 하나 남아 있던 생리대를 쓴 날이었다. 당장 급한 불은 껐지만 늦은 밤까지 수업을 해야 하니 사러 나갈 참이었다. 화장실에서 돌아온 내게 R 강사가 밑도 끝도 없이 "아마 T 강사가 가지고 있을 거야. 생리 기간이거든" 했을 때, 소름이 쭈뼛 돋았다. 도대체 R 강사는 내가 생리를 시작했다는 것을 어떻게 알았을까. 내게 여분의 생리대가 없음은 또 어떻게 알아챘을까. 아니 그보다 이 많은 사람들의 생리 기간을 다 꿰고 있단 말인가. 나의 놀란 표정을 보고 옆자리 강사는 '이제 알겠지?' 하듯이 내게만 보이게 눈을 찡그리며 코를 털었다. 또 한번은 이런 일도 있었다. 일대일 보충 강의를 하느라 학생 하나와 마주 앉아 있는데 강의실 유리문으로 R 강사가 지나가는 것이 보였다. 다시 유리문에 나타난 것은 내가 속한 국어과의 장이었는데 나를 불러 내 속 다리가 보이지 않도록 치마를 오므려 앉으라고 했다. 장은 내 의아한 얼굴을 뒤로하고 몇 걸음 걸어가더니 금세 다시 돌아와 자기가 잠깐 실언을 했노라고 사과했다. 나중에 알고 보니 R 강사가 지나며 나를 보고는 다리를 오므려 앉으라고 전하라 했단다. 치마를 입은 내가 다리를 벌리고 앉았을 리도 없지만 자기가 가르치는 학생도 아닌 내게 그런 말을 전하라 했다는 것은 정말 대 충격이었다. 꼭 해 주고 싶은 말이었다면 차라리 내게 직접 하는 편이 나았을 것이다. 그 얘기를 군이 교무실로 가져가 상하 관계에 있는 장에게 전달하도록 한 것은 오지랖이라는 단어가 아니고는 설명할 길이 없었다. 그날 이후로 선의라 생각했던 그녀의 행동들을 의심하게 된 것도 사실이다.

중요한 것은 A 강사와의 일 이후로 R 강사는 더 이상 자신이 당번이 아닌 날 밥을 짓지 않았다는 것이다. 선의든 오지랖이든 R 강사가 미리 밥을 지어 두지 않아도 당번을 잊는 이는 아무도 없었다. 하나도 친하지 않은 사람들과 함께 먹을 밥을 짓기 위해 그 누구도 늦지 않고 당번을 지켰다는 것은 지금 다시 생각해도 좀 다른 의미로 재미있다. 오히려 정 없는 사람들과의 관계는 비난받지 않고 자신을 지킬 책임감 하나로 움직이게 되는 것일지도 모른다고 생각했다. 마음이 고된 날이면 종종 그 탕비실에서 하나도 친하지 않은 사람들과 밥을 먹는 꿈을 꾼다. 밤 모래처럼 차가운 밥알을 씹다가 에튀튀 하며 잠에서 깬다.

차 한 잔이라는

시간

가수 폴 킴은 보드랍고 다정한 목소리로 〈커피 한 잔 할래요〉 하고 노래한다. 아무렇게나 쉽게 꺼낸 것이 아니라 입술을 꼭 깨물고 용기를 내어 한 말이다. 그는 그녀를 향한 마음을 전하려고 커피 한 잔 마시는 시간을 구한다. 영화 속 남녀 주인공이 지나쳐 가는 수많은 사람들 속에서 결국 서로를 발견한다. 눈을 반짝이며 다가가 건네는 첫말. 수많은 사랑 노래의 가사에 단골로 등장하는 바로 그

말. "차 한잔할래요?"라고 묻는 것은 호감 가는 이의 시간을 사는 가장 고전적인 방법이다. 뻔하디뻔하지만 그래서 가장 확실한 연애 서사의 시작이며 드디어 내 안에 숨겨 놓은 작은따옴표 대신 목소리를 얻은 큰따옴표를 여는 순간이기도 하다. 그러나 모든 차 한 잔이 로맨스 영화의 아름다운 결말 같지는 않다. 카페 옆자리, 누가 봐도 맞선 중인 남녀는 누가 봐도 서로가 마음에 들지 않는 표정을 짓고 있다. 그러나 최선을 다해 엉덩이를 떼지 않고 차 한 잔을 묵묵히 비우는 중이었다. 서로의 인간적 존엄을 지켜주는 데 걸리는 시간은 이토록 고귀하다.

어느 예능 프로그램에 출연한 회사원들에게 '직장인으로서 가장 행복한 하루는 언제인가?'라는 질문을 했다. 이 공통 질문에 거의 모든 회사원이 한결같은 대답을 내놓았는데, 회사에서 온종일 자신의 이름이 한 번도 불리지 않는 날이라는 것이다. 누군가(주로 상사)가 내 이름을 부른다는 것은 해 놓은 일에 무언가 문제가 생겼다는 뜻이기 때문이란다. 그런데 그보다 머리가 쭈뼛 돋을 정도로 더 무서운 것이 있는데, 상사가 아주 담담한 말투로 "누구 씨, 차 한잔할까요?" 하고 물어오는 것이라고 했다.

비장함이 흐르는 면담실, 속도 모르고 뜨거운 김을 폴폴 내는 종이컵을 앞에 두고 "아주 큰 실수를 한 당신에게 그나저나 보너스를 지급하겠습니다" 하고 말할 상사는 절대 없을 것이기 때문이다.

상사가 이를 꽉 깨물고 탕비실에 들어가 커피를 만들어 왔다. 대형 사고를 친 대역 죄인은 차마 김이 모락모락 나는 그 커피를 호로록거릴 수 없어 고개만 떨구고 있다. 그러나 그 얼마나 다행인가, 커피는 결국 식는다. 눅눅해진 종이컵이 내려앉은 가슴처럼 다 무너지기 전에 이 면담은 끝이 날 것이다. 그것은 다른 어떤 고통에 비하면 꽤 견딜 만한 시간이기도 하다.

차 한 잔의 시간은 제법 공평하다. 우선 차는 뜨겁기 때문에 단번에 꿀꺽 마셔 버릴 수 없다. 누구에게나 마시기 좋은 온도가 되기를 기다리는 어느 정도의 여유를 요한다. 그래서 다른 사람과 차를 한 잔 마실 수 있다면 이야기를 하거나 들을 수 있는 가장 기본적인 시간을 얻게 되는 것과 같다. 그 시간 안에 할 수 있는 것들을 나열하다 보면 생각보다 꽤 많은 것들이 가능하다는 것을 알게 된다. 고백과 사과를, 조언과 질책을, 통보와 거절을, 맞장구와 위로를. 의지만 있다면 침묵도 가능하다.

　내 친구 M은 노량진에서 오래 공부를 했다. 나는 찾아
가 밥 한 끼를 먹이는 것도 오히려 방해가 될까 주저했고,
M은 노량진 울타리 너머의 사람들을 만나는 것 자체를
사치라고 생각하던 때였다. 첫 시험에서 떨어진 M이 좌
절할 새도 없이 다시 다음 시험 준비를 하느라 애쓰고 있
을 때, 해 줄 수 있는 게 아무것도 없던 나는 손 편지 안에
2천 원을 넣어 보냈다. M에게 따뜻한 커피 한 잔을 꼭 사
먹이고 싶어서였다. 물리적인 모든 것을 뛰어넘어 이 2천
원으로 커피를 한 잔 손에 쥐게 되었을 때 우리가 마주 본
듯 그 마음이 가닿기를 바랐다. M은 2천 원을 쓰지 않고
내내 가슴팍에 넣고 다녔다고 했다. 이듬해 시험에 합격
했을 때, 언제 어디서든 차 한 잔 마실 시간을 가슴에 지
니고 사니 마음이 든든했다며 그 모든 공을 손 편지 속 2
천 원으로 돌렸다. 어떤 차 한 잔의 시간은 값을 차마 매
길 수 없이 귀하다.
　나는 나의 주인이지만 365일 24시간 언제나 주인인가
를 생각해 보면 안타깝게도 그렇지 않다. 그래서 나는 나
를 위해, 때때로 차 한 잔 마실 시간을 산다. 주전자에 물

을 끓이고 좋아하는 잔을 고른다. 마른 찻잎이 더운물 속에서 긴장을 풀며 쥐고 있던 향과 맛을 내어놓는 것을 구경한다. 데워진 찻잔에 입술이 닿기 좋은 온도를 가늠해가며 천천히 차를 마신다. 그 고요함 속에서 거울로 얼굴을 들여다볼 때처럼 마음을 들여다보며 헝클어진 매무새를 가만히 가다듬곤 한다.

　그나저나 저랑 차 한잔하실래요?

신림동

순대타운과

광장시장

신림동 순대타운

어느 해 부부의 날에는 부부의 결의를 다지기 위해 백 순
대 볶음을 먹으러 신림동 순대타운에 갔다. 어린 깻잎과
당면을 넣고 양념장을 넣어 빨갛게 볶아 내는 순대 볶음
은 흔하지만 들깻가루를 넣고 하얗고 담백하게 만드는
백 순대 볶음은 내가 아는 한 오직 신림동에만 있다. 신림
동에 가고 싶어서 꽤 여러 날 동안 다 들리는 혼잣말로 백

순대 볶음 노래를 불렀다. 수능 금지곡처럼 서서히 남편의 무의식을 파고들도록. 그렇게까지 하지 않으면 영 갈 기회가 없기 때문이었다. 남편은 사실 이곳을 좋아하지 않는다.

남편의 말에 따르면 이곳은 내가 좋아할 리 없는 조건을 모두 갖추었는데 내가 좋아하는 이상한 장소다. 이번에도 남편은 "깔끔한 것만 찾는 사람이 대체 여기가 왜 좋아?" 하며 영 탐탁지 않다는 표정으로 물으며 입고 입는 외투를 최대한 오므렸다. 지저분한 의자의 최소한의 면적만 사용하겠다는 의지가 확고해 보였다. 부부가 한집에서 15년쯤 함께 살다 보면, 들었지만 못 들었고 못 들었지만 들은 것 같은 말이 점점 많아지는 법이다. 꼭 답을 듣기 위한 질문도 아니었기 때문에 딴청을 피우며 못 들은 척했다. 그러자 약이 살짝 오른 남편은 "조용한 곳만 찾는 사람이 여기는 정말 괜찮아?" 하고 다시 물었다.

물론 남편이 이곳을 싫어하는 이유를 모르지 않는다. 남들 눈에는 띄지 않는 먼지까지 찾아 읽고 음악 소리가 조금만 커져도 단골 가게마저 바꿔 버리는 나 같은 예민한 사람에게 신림동의 첫인상은 '혼이 쑥 빠지는 현장'임에 틀림없었다. 막힌 공간인 데다 수십 개의 가게에서 너나 할 것 없이 기름진 것을 볶아 대니 환기구가 있다고는 해도 늘 어마어마한 연기와 기름기가 가득했다. 의자와 상은 끈적거리고 공간은 좁은데 밀려드는 대기 손님이어서 자리가 나기를 기다리고 있어서 앉은 자리를 오래 보전하고 천천히 식사를 하기도 어려웠다. "세상에 이런 곳이 있다니!" 하고 큰 충격을 받고 말았는데, 이것은 또한 무슨 조화인지 뭔가에 중독된 사람처럼 그때부터 지금까지 주기마다 한 번씩 신림동을 찾고 있다.

그로부터도 20여 년이 더 흘렀으니 건물은 더 낡고 더 어지러워졌다. 이제는 이곳도 예전만큼 북적이지 않는다고 하는데 사람들이 슬슬 물러나는 이유가 있을는지도 모르겠다. 그럼에도 불구하고 나는 이곳이 여전히 왜 그렇게 좋은 걸까.

신림동 순대타운은 5층 건물 전체가 모두 순댓집이다. 매 층마다 수십 개의 가게들이 작은 간판을 달고 다닥다닥 공간을 나누어 쓴다. 장판을 덧대어 좌식으로 꾸민 집도 있고 플라스틱 의자를 쓰는 집도 있다. 가게를 골라 자리에 앉으면 한편에서 네모난 철팬 가득 쫄면과 양배추와 양파, 깻잎, 대파를 듬뿍 얹어 순대를 볶아 내놓는다.

자리마다 있는 버너에서 은근한 불에 이 철팬을 데워 가며 먹는데 백 순대 볶음을 시키면 스테인리스 종지에 빨간 양념을 따로 담아 철팬 가운데 얹어 준다. 먹는 동안 철팬의 온기가 닿으면서 종지의 양념이 설설 끓어 맛을 더 올린다. 양이 워낙 푸짐하고 적은 돈으로 즐겁게 배를 채울 수 있는 장소라서 대학생일 때 또 갓 사회인이 되었을 때 친한 친구들과 자주 찾던 곳이었다. 다만 늘 사람들로 북적이기 때문에 곁에 앉은 친구에게도 목소리가 닿기 어렵다. 그래서 말을 굳이 하지 않아도 표정으로 대화가 되는 친한 친구들이 아니면 또 즐거울 일이 없는 장소이기도 했다. 오직 잘 볶아진 순대를 쌈에 올려 전투적으로 와왁 먹어 치우기 위해 몰려온 사람들의 씩씩한 기운이 넘쳐나는 곳이었다. 이에 들깻가루가 잔뜩 끼어도 흉볼 일 없는 진짜 친구들과 함께 신림동에 뛰어들어 쑥 빠지는 혼을 다잡아 가며 백 순대로 배를 든든하게 채우고 나면 한동안은 그 기운으로 또 씩씩하게 살 수 있었다.

법정 기념일로 지정된 부부의 날은 5월 21일이다. 가정의 달인 5월, 두 사람이 하나가 되었다는 의미를 부여해 21일을 기념일로 정했다. 서로의 소중함을 일깨우고 화목한 가정을 일궈 나가자는 취지라고 했다. 깻잎에 백 순대 볶음을 잔뜩 얹어 주먹만 한 쌈을 싸서 대답 대신 남편의 입에 욱여넣어 주었다. 영문도 모르고 한입 가득 쌈을 받은 남편이 오물조물 순대를 씹는 얼굴에 대고 "맛있지?" 하고 웃으니 남편은 졌다는 듯 마주 웃으며 고개를 끄덕였다.

광장시장

정신없기로는 광장시장도 크게 다르지 않은데 이곳은 남편도 나도 좋아하는 장소다. 큰아이가 아주 작은 아가였을 때부터 아기 띠를 매고 찾던 시장이다. 시장 아주머니들은 아기가 예뻐 어쩔 줄 몰라 하시며 젊은 부부가 밥을 먹을 동안 아기를 안아도 주시고 돌아가며 봐 주시기도 했다. 그런 정이 좋아 지나갈 기회가 있을 때는 놓치지 않고 들르는데, 이제는 훌쩍 자란 두 아이도 좋아하는 장소가 되었다.

　광장시장을 생각하면 문득 배가 고파진다. 어느 요일이든 낮과 밤을 가리지 않고 늘 북적이는 시장은 막 지어 낸 뜨끈한 먹거리가 가득하다. 속도 없이 맛있는 마약 김밥에 기름에 튀기듯 부쳐 내는 도톰한 녹두전을 생각하면 허기에 정신이 아득해진다.

시장에 가기 위해 주차를 하는 잠깐 사이 그쳤던 비가 다시 쏟아지기 시작했다. 늦가을 비라서 바람도 정말 차가웠는데 아이들 옷깃을 단단히 여미고 커다란 우산을 받쳐 들고 씩씩하게 길을 걸었다. 시장밥 먹을 생각을 하면 없는 기운도 솟는다고나 할까. 날이 궂어도 시장 안은 만원 만석이었다. 부부가 아이들 손을 하나씩 이어 잡고 한 줄 기차처럼 좁디좁은 통로를 걸으며 막 지지고 볶아 내는 뜨거운 음식들을 구경했다. 씹고 마시고 떠드는 소리로 가득 찬 시장 안은 정말 사람들이 사는 곳 같다.

광장시장에서 꼭 사 먹는 것은 육회탕탕이와 녹두전이다. 산낙지를 도마 위에 올려놓고 탕탕 소리를 내며 칼로 끊었다고 해서 이름 지은 낙지탕탕이에 조몰조몰 달고 짭짤한 양념에 버무린 육회를 접시에 함께 담고, 가운데에 샛노란 달걀노른자를 올린 것이 바로 광장시장의 육회탕탕이다. 육해공을 한 접시에 모두 모았달까(닭은 날지는 못하지만 새는 새이니 공으로 치는 것을 눈감아 주기를). 날것 세 가지를 한 접시에 합쳐 놓은 것이라서 누군가에게는 고난도 음식일 수도 있겠는데 한번 맛을 들이면 '없어서 못 먹는' 대표적인 음식이 될 거라고 장담한다. 내가 바로 그 유경험자이기 때문이다. 육회탕탕이는 노른자를 톡톡 터트려 살짝 비벼 준다. 고명으로 올린 채를 썬 배와 함께 한 젓가락 가득 집어 참기름 소금에 꾹 찍어 입에 넣고는 아물아물 씹는다. 사실 씹을 사이도 없이 금방 사라지고 말지만.

일종의 퍼포먼스로 맷돌을 꺼내 놓고 녹두를 가는 집도 있을 만큼 광장시장의 녹두전은 시장을 대표하는 인기 음식이다. 시장에 들어서자마자 맡아지는 지배적인 냄새 역시 기름에 녹두전 지지는 데서 나온다. 막 지져 낸 녹두전을 젓가락으로 가르면 뜨거운 김이 쏴하하 빠져나온다. 그 사이로 통통한 숙주가 삐져나오는데 그것까지 야무지게 잡아채 매운 고추가 송송 썰린 초간장에 콕 찍어 혀에 착 붙이면 된다. 고소한 기름기가 목구멍을 타고 흐를 때 잊지 않고 새콤달콤한 양파 절임 한 조각을 입에 얼른 넣어 준다. 육회탕탕이가 '없어서 못 먹는 맛'이라면 녹두전은 오래오래 느끼고 싶어 '삼키기가 싫은 맛'이다.

육회탕탕이와 녹두전을 맛있게 비우는 사이 둘째 아이는 마약 김밥 두 팩을 혼자 다 먹어 치웠다. 중독될 만큼 맛있다는 뜻에서 '마약 김밥'이라고 부르기 시작했는데 최근 들어 마약 범죄 확산에 대한 경각심이 높아지면서 국회에서 식품 앞에 '마약'이라는 단어를 붙이지 못하도록 하는 법안이 발의되었다고 한다. 통과가 된다면 마약 김밥이라는 말을 더는 쓰지 못하게 된다고 하니 그렇다면 이 중독되는 맛의 김밥을 무엇이라 불러야 좋은 걸까 심각하게 고민해 본 적이 있다.

둘째 아이는 종종 글자를 잘못 읽거나 알아듣고 저 혼자 엉뚱하게 궁리를 해서 나를 웃기곤 한다. '이 김밥이 만약에 우리 동네 김밥이었다면 정말 좋았겠지'라고 생각해서 이름을 '만약 김밥'으로 지은 것이냐 진지하게 물어 또 나를 박장대소하게 만들었다. 혹시 앞으로 마약 김밥이라는 말을 쓰지 못하게 된다면 만약 김밥이라고 부르면 되겠구나 하고 생각했다.

어 떤 안 부

어릴 적 우리 집 안방 아랫목에는 늘 담요가 깔려 있었다. 저녁이 늦도록 집에 돌아오지 못한 식구가 있으면 밥이 식지 않도록 담요 아래에 넣어 두곤 했다.

이 책을 쓰는 동안 자주 눈을 감고 시간을 보냈다. 어느 날은 감은 눈 속에서 안방 아랫목에 앉아 있었다. 문득 어릴 적 생각이 나서 담요 속으로 슬그머니 손을 집어넣어 보았더니 온기가 남아 있는 밥그릇이 여전히 나를 기다리고 있었다. 손에 닿은 밥그릇이 너무 따뜻해서 그만 울고 말았다.

노트북을 켜고 앉아 새로 눈을 감을 때마다 까맣게 잊고 있던 시간 속의 장면들을 만났다. 생각해 보니 살며 힘든 순간이 찾아올 때마다 나를 지탱시켜 준 것은 잊고 있던 그 시간 속의 따뜻한 끼니들이었다.

초고를 완성한 날, 그리운 할머니 할아버지를 뵙고 왔다. 좋아하시는 커피를 앞에 두고 밀린 안부를 전하듯 인사를 전했다.

끼니들

초판 1쇄 발행 2023년 5월 17일
초판 2쇄 발행 2023년 11월 8일

글 김수경
펴낸이 홍지애
펴낸곳 꿈꾸는인생
주소 서울 마포구 월드컵북로 400 2층
전화 070-4046-2371
팩스 02-6008-4874
이메일 lifewithdream@naver.com

ⓒ 꿈꾸는인생, 2023

979-11-91018-25-7 (04810)
979-11-91018-04-2 (세트)